U0116340

醉美诗书

美得令人心醉的诗经

西楼月◎著

石油工业出版社

图书在版编目（CIP）数据

醉美诗书.美得令人心醉的诗经/西楼月著.—北京：石油工业出版社，2023.6
ISBN 978-7-5183-5894-6

Ⅰ.①醉… Ⅱ.①西… Ⅲ.①《诗经》—诗歌欣赏 Ⅳ.① I207.2

中国国家版本馆 CIP 数据核字（2023）第 030309 号

醉美诗书：美得令人心醉的诗经

西楼月　著

出版发行：石油工业出版社
　　　　　（北京市朝阳区安华里二区 1 号楼　　100011）
网　　址：www. petropub. com
编 辑 部：（010）64523689
图书营销中心：（010）64523633
经　　销：全国新华书店
印　　刷：三河市祥达印刷包装有限公司

2023 年 6 月第 1 版　　2023 年 6 月第 1 次印刷
710 毫米 ×1000 毫米　　开本：1/16　　印张：12
字数：130 千字

定价：39.80 元

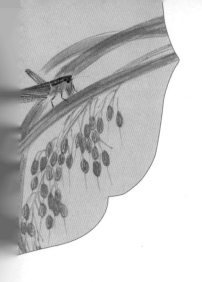

先民的歌唱

当"关关雎鸠，在河之洲"滑过先民的喉咙，变成婉转的音节，飘散在清香的空气中，洒落在芦苇荡、灌木丛中，中国的诗便诞生了。那由表意文字组合而成的意象，在汉、溱、洧、淇之水畔，被反复吟唱着，一代一代流传着。

《诗经》是爱情的第一曲和歌。"窈窕淑女，寤寐求之"，这是追求爱情的辗转反侧；"投我以木瓜，报之以琼琚"，这是两情相悦的欣喜；"维士与女，伊其相谑，赠之以勺药"，这是相约游玩的喜悦；"之子于归，宜其室家"，这是结成伉俪的静好。人之所以为人，因情主之。上古时期的情感，真挚而淳朴，爱了就对你情深义重，大胆去追求，不婉转，不遮掩。

《诗经》是先秦百姓劳动的放歌。"采采芣苢，薄言采之。"田家妇女三三两两边唱边采车前子，场面欢快又自由。"六月食郁及薁，七月亨葵及菽。八月剥枣，十月获稻。为此

春酒，以介眉寿。"衣食为经，月令为纬，一年的劳动跃然纸上，如风行水面，任运自然。作为农业社会，劳动是中国先秦时代的百姓们生活的常态。他们的生活中除了爱情，最重要的就是劳动，因此情感的抒发也主要在这两个方面。《诗经》中关于劳动的歌基调明快，语言质朴，情感也直白，现在读来，仿佛能听见和风丽日中，田野上刮来的那一场和风中，蕴藏着的喜悦。

《诗经》是先秦战士家国情怀的战歌与哀歌。"岂曰无衣？与子同袍。王于兴师，修我戈矛。"这是雷雷战鼓中不屈的歌，是疆场驰骋的将士保家卫国的心声。"既破我斧，又缺我斨。周公东征，四国是皇。"这是战场烽烟四起，短兵相接，激烈战斗的白描。"我徂东山，慆慆不归。我来自东，零雨其濛。"古来征战，一将功成万骨枯。普通士兵的悲哀与无助都在这如泪的零零细雨中了。"昔我往矣，杨柳依依。今我来思，雨雪霏霏。"物非人非事事休，昔日之热闹，与今日之凋零，战士归来后，该有多少难尽之苦痛。《诗经》中有对家国的热爱，也有对战士的

同情，两种矛盾的情感，展现了一个有情的文本。

作为中国的第一部诗歌总集，《诗经》辑录了西周初至春秋中叶（公元前11世纪到公元前6世纪）的诗歌305首，之外还有六篇有目无内容的"笙诗"，即《南陔》《白华》《华黍》《由庚》《崇丘》《由仪》。《诗经》按"风""雅""颂"三类编辑，《风》大多是周代各地的民间歌谣；《雅》是周人的正声雅乐，分为《大雅》《小雅》；《颂》是朝廷和贵族宗庙祭祀的乐歌。

孔子说："《诗》三百，一言以蔽之，曰'思无邪'。"他还教育弟子将其作为立言、立行的标准，这在后世影响很大。到西汉时，它被尊为儒家经典，称为《诗经》。

《诗经》这两千多年前的有情文字，从历史的长河中袅袅娜娜地走来。远古的和风轻轻拂过我们心头，涤荡着在浮世红尘中渐渐变硬的心房，让我们体会俗世中不可多得的烟火柔情。这是它流传的价值，也是我们念兹在兹、反复吟唱的意义所在。

目 录

卷一　问世间情是何物

如花美眷，似水流年，从河畔之洲到关关雎鸠，有多少人从这江南润湿的空气中缓缓走出，却躲不过反复无常的情感纠结。悠悠千年，花开花落，情为何物？

爱如天籁——《周南·关雎》

关关雎鸠，在河之洲。窈窕淑女，君子好逑。

参差荇菜，左右流之。窈窕淑女，寤寐求之。

求之不得，寤寐思服。悠哉悠哉，辗转反侧。

参差荇菜，左右采之。窈窕淑女，琴瑟友之。

参差荇菜，左右芼之。窈窕淑女，钟鼓乐之。

《诗经》三百首，篇篇让人称奇，好似富贵人家的春日园林，无论是俯首还是仰望，皆是繁花簇拥。这首以爱情为名的《关雎》，不是天马行空的幻想，不是朦胧神秘的梦境，而是讲述了一个恬静温和的故事，有着氤氲的开端、波澜的高潮、完满的结尾，难怪后世整理者将其放在《诗经》第一篇。

爱情自然是美好且无可回避的，但沾染了世间风尘、渴望吟赏烟火的俗事，又怎入得了儒家伦理道德的框架，故而《诗序》在注解此诗时，将其歌颂为"后妃之德"，也是极为自然的事情。只是这不免让人联想到《牡丹亭》中的一幕：正是情窦初开之时的杜丽娘在私塾中受学，不过听到迂腐的教书先生吟了一句"关关雎鸠，在河之洲"，便猛然觉得内心有柔软处被撞击，顷刻间便盈盈松动。在先生还未来得及将"后妃之德"四字说出口，杜丽娘便慌忙扯了丫鬟的手，闯进了姹紫嫣红开遍的后花园，也开启了那扇封锁着爱情的心门。

爱情就在此处悄悄埋下了种子，等待着发芽，茁壮成长，开出盛放的花朵。

回到《关雎》，在清脆盈耳的和鸣声中，不经意间就跨越了两千多年的时光，来到这片长满荇菜的沙洲，观望到淑女与君子之间绵绵的爱情。

"关关雎鸠，在河之洲。"田野之中，空气清新，雎鸠和鸣，河水微澜，古朴单纯的情愫就以这样的暖色调渐渐氤氲开来。风中曳荡着翠绿如墨的柳条，地上盛开灼灼欲燃的花朵，在这一派生动的景象之中，君子却孤身一人，这教他如何忍受。

他在河岸之上辗转徘徊，时间如流沙渐渐散落，河心绿地上停留的雎鸠亦来来去去，而他仍在此为那个牵动他心魂的姑娘驻足停留，听雎鸠在斑驳光影之中不停欢唱。密密麻麻的荇菜如翠玉凝成，青青成茵，它们的茎须在流水的冲刷下参差不齐，涟漪缠绵，叶片如指甲大小，阳光落在上面闪烁着动人的光泽。

他看到那个采荇菜的姑娘穿着和荇菜一样色泽的罗布裙子，阳光照在她身上，游弋着微甜的气息。她脸露微笑，提起自己的裙摆，轻轻蹚过清澈的小河，采摘荇菜。她束起来的头发里有着扑鼻的花香，好似本就美得无瑕的梦境中，翩跹飞来一只彩蝶一般，引得人不禁心旌动摇，情思荡漾。

远处的桃林如云似锦，灼灼其华，开满了男子的思念与忧愁。美丽清纯的姑娘已经闯进他的心怀，让他在夜深的时候，辗转反侧不能入眠——满脑子都是她笑语盈盈的模样，婀娜多姿的风情，却没有办法接近她。

沈从文曾说过："美都是散发着淡淡的哀愁。"美，自古以来便无从解释，它更像是远处连绵深邃的山巅上，那一朵娉婷而立却无法采撷的鸢尾花；或是泛黄书页中，那一帧唯美却没有注脚的传说，好似永远都近在眼前，却从未拥它入怀。亦有人说，人生最痛苦的事便是求而不得，挚爱的东西无法得到，这如何不让人痛楚？

《关雎》中爱情的美妙，不仅美在窈窕，美在寤寐思服、辗转反侧的相思想念，美在琴瑟友之、钟鼓乐之的希望，更美在最初那份在河之洲、左右流之的"求之不得"。有了这段"不得"，整首诗才更显鲜活丰富。

在那个古朴醇美的时代，在那个明媚如春光的年纪，爱情从来都是带着一份炙热，一份赤诚。辗转反侧，只因情已蚀骨。徘徊之后，定然要用简单却不失韵律的琴弦，对心仪的姑娘，唱出最为深情的告白。这最终或许会换一场生命的怒放，抑或是等来冰天雪地里的凋零。爱情的途中是柳暗花明，还是凄风苦雨，世人无法预知，这固然冒险，却也实在华丽诱人。

故而，在水草丛生的河岸，薄雾氤氲，男子对着采撷荇菜的姑娘拨动了琴弦。悠扬的琴声在清晨的薄雾和细微波澜里，婉转动听，和着关雎的鸣叫，穿过微醺的和风，轻轻缓缓地流向女孩。

　　让我采一朵亭亭玉立的荷花送给你吧，却又害怕它比不过你的粉嫩与美丽；让我捧一缕柔软似水的晨曦送给你吧，却又害怕它比不上你的清澈与灿烂；让我剪一片缥缈洁白的云朵送给你吧，却又害怕它比不上你的曼妙与洁净。

　　这番独特的表白与浪漫的情怀，恰好成了牵系俩人的红线。自此之后，山光富丽，时光旖旎，流年不再寂寞。

　　"关关雎鸠，在河之洲。窈窕淑女，君子好逑……"这已不单单是一首醇美的诗歌，它带着古时的风雅，一点一滴地沁入琐碎的日常生活，使其有了涓涓细流的谐美，有了欣欣向荣的生意。在爱情如花恣意盛开的年月里，诗歌总是这般让人心动。而诗中那个窈窕的姑娘，带着先秦的古朴与浪漫，和着水鸟的鸣叫与水草的鲜绿，走过秦时的明月汉时的关，唐代的诗歌宋代的词，明代的长河落日清代的小桥雨巷，走过每一个清晨的细雨与黄昏的飞雪，从未失散半分美丽与幽香。

　　那条河流，那座沙洲，那对雎鸠，还有那参差的荇菜，久历光阴的侵蚀，依然能让人嗅到爱情的滋味，醇美如初，如水如诗。

真爱无价——《卫风·木瓜》

投我以木瓜，报之以琼琚。匪报也，永以为好也！

投我以木桃，报之以琼瑶。匪报也，永以为好也！

投我以木李，报之以琼玖。匪报也，永以为好也！

女孩看见心仪已久的男子走过，随手将一只木瓜投给了他。女孩笑靥不语，而聪明的男子早已心领神会，忙把自己随身携带的玉佩赠给了姑娘。因他知晓女孩的木瓜不是平常的木瓜，这"投"也不是普通的投，而是将一颗滚烫的少女之心，掷到自己怀中。两千多年前，先民皆是以互赠东西来定情，这是一种习俗。

或许世人已被世俗烟火熏染得麻木，被混浊的世态浸泡得沧桑，但在人生转角处邂逅爱情时，总是如获得新生一般，以最初的姿态去回应。男子接过纤纤素手投过来的木瓜，便有了回赠玉佩的热烈反应，这般自然的举动，自是这个男子爱慕姑娘许久的表现。尽管自己的玉佩比起姑娘的木瓜，不知贵重多少倍，依然觉得它未能表达清楚自己的情意，他是想永远与姑娘相好下去。

这位少女收到男子回馈过来的礼物，当然是甜蜜无比，顿时心花怒放。聪慧如她，自然懂得这也不是普通的回赠，而是一份爱的承诺。在红尘阡陌中，或许山水可以相忘，晨昏可以无言，而那一处安放爱情的角落，永远明艳如初，不落零星纤尘，不染丝毫污秽。

在中国古代，以至现在，恋人之间的情谊就是以小物品为纽带的。古时经常以瓜果、佩饰连接感情，在他们看来，一滴水、一朵花、一把扇子等都能表达出深深爱意。

唐代女词人晁采在《子夜歌》中写道："轻巾手自制，颜色烂含桃。先怀侬袖里，然后约郎腰。"她伴着忽明忽暗的烛光，一针一线为意中人缝制轻盈如蝉翼的丝腰巾，那密密麻麻的针脚，正说中了她情窦初开的妖娆，芳心暗许的情愫。腰巾的颜色灿烂如同鲜艳的桃花，开在了春日枝头。缝好后，她并没有即刻将其送与对方，而是悄悄放进自己的衣袖中，让它沾染自己清淡素雅的体香，日后男子束扎在腰身时，也能时时惦念着自己。这般缠绵悱恻的浓情蜜意，如何不教人生出艳羡之情，钦慕之意。

《诗经》中并不乏女子追求男子的诗歌，《召南·摽有梅》即是如此。只是她并未像《木瓜》中的幸运少女一般，尝到爱情甜蜜的滋味，而是在朱颜渐老，年齿渐增时，渴求着心中向往的爱情，渴求良人将她珍重收藏。

> 摽有梅，其实七兮。求我庶士，迨其吉兮。
> 摽有梅，其实三兮。求我庶士，迨其今兮。
> 摽有梅，顷筐塈之。求我庶士，迨其谓之。

她曾以为有着花容月貌，爱情终会降临。她总是躲在墙角一隅，缄默而矜持地盼望自己心仪的男子，能够猜透她的心思，而后向她伸出双手，将她携至阳光明媚处，让她的青春恣意绽放。而尘缘如水，从未为她有过片刻停留，每一个晨昏日暮，似乎都成了对爱情的辜负，美丽的容颜也渐渐如梅花般凋零。

世人总是在想，如若她再大胆一些，坦然面对内心深处汹涌的情感，不害羞，不躲闪，或许，在下一个转角，她亦能不早不晚地邂逅专属于她的那份爱情。只是这世间并不存在如果，命运的终局从来无法修改，她依然是那个在树下无奈喟叹的悲伤女子。

苍茫人间，红尘十丈，世人总是仓皇赶路，却少有人真正领悟"惜缘"二字的寓意。时光从来都是冷淡漠然，不会体察世人情感分毫。唯有相遇的路人，珍惜每一个相守的瞬间，才不至于酿成无法原谅的错过与过错。

而当下世人始终在衡量付出与回报的比例，将爱视为商场中明码标价的商品，却不知爱的真谛——真爱无价，与生命同在。如若不倾心付出深情，无论如何也无法拥爱情入怀。就如《木瓜》这般：你给我一个木瓜，我给你一块美玉，不是为了报答，只是两情相悦，只是为了我们能够相爱。古代的男女，一相见便觉亲切，有爱慕就表现出来，干净爽朗的男女相悦。刚刚采摘下来的木瓜，随身佩戴的玉佩，信手拈来都是信物，随时相遇可订终身。欢快而活泼，怎能不让后世羡慕。

你是唯一——《郑风·出其东门》

世间最美好的，莫过于一场绚烂春光之中，一段未经彩排的不期而遇。这相遇许是"墙头马上遥相顾，一见知君即断肠"的初见倾心，许是"金风玉露一相逢，便胜却人间无数"的相思婉转。无论是哪一种，这一场春日相遇，都如一曲清新纤丽的笛声，在青梅煮酒的时节缓缓散于花香弥漫的空气中，并不荡气回肠，却也自有它的迷人之处。

上古岁月的郑国，便上演了这样一段传奇而美妙的相逢。

出其东门，有女如云。虽则如云，匪我思存。缟衣綦巾，聊乐我员。

出其闉阇，有女如荼。虽则如荼，匪我思且。缟衣茹藘，聊可与娱。

郑之春日，乃是"士女出游"，少男少女谈情说爱最为恰当美好的时节。在清波荡漾的溱洧河畔，彼此钟情的男女在一起相会、笑语、相谑，好不自在。

郑都东门外，众多女子裙裾飞舞，男子们眉眼四飞，在美不胜收的秀色中，无法安分。而眼下这位男子却在众女中独独看到了自己命中的那个女孩。繁花摇曳在她的衣角，明媚的阳光下女子精致的脸庞让他深深沉醉。如月新眉沁着黛绿，似远山含笑。他在不远处静静看着她，深情便随着目光直抵她的灵魂。眼前少

年痴情的目光是她素锦华年里绘上的第一笔秾华。

诗中那个穿着素色裙子的女子，或许第一次意识到自己的美好，被他人欣赏的美好。哪个女儿家不会因此羞红了脸？她腼腆如刚出水的莲花，轻轻低头，温柔而神秘。

每个人的生命中，大概都有这样一个逢着意中人的欣喜时刻。这份欣喜，会在漫长的生涯里化作水晶般玲珑剔透的回忆，不沾染丝毫尘世烟火，浮生沧桑。所以大凡叙及初逢偶遇的文字里，总带着清新淡雅若雨后飘花般的气息。

诗中男子眼眸触及她时，刹那间，情思迸发。春日流光，那情爱的思绪是管也管不住地流淌了一地，瑰丽浓烈。弱水三千，只取一瓢饮，那个系着暗绿色头巾的女子，才是他心中的唯一。

不唯《出其东门》中的男子遇见心上人时，有这般神魂颠倒之感，宋代词人张先与他也毫无二致。他平日写词多是云破月来，花影迷乱，情韵极尽浓郁，但在描绘一场美好的初遇时，却是纯净纤婉，仿若水色烟波，天光云影，读来亦可使人深味其情致悠长。他在《醉垂鞭》中这样写道："双蝶绣罗裙，东池宴，初相见。朱粉不深匀，闲花淡淡春。"

这个女子，只如淡淡春意中绽放的一朵娴雅小花，清新闲婉，超然缥缈，宛若神女，教人于不经意间遇见了，却是难以预料的惊艳。惊艳过后，自然是欢喜和赞叹。但张先并未交代他们最终走向了何种结局，是自此后并肩携手，看尽人间春色；还是欣悦之余，又于满目春色中觅到了另外一个如云似霞般的女子？

《醉垂鞭》与《出其东门》有着相似的开始，所不同的是，后者中的女子，更为幸运一些，她在繁花盛开的春光中，邂逅了对她怦然心动的男子，且瞬间的动情，延续了整整一生，矢志不渝。

世间情爱，多半会在岁月的流逝中，渐渐磨损。曾经期慕的永远，在热情渐渐消散之后，终究会如断线的风筝，免不了坠落的宿命。男子向来善变多情，一时的定情容易，长久的守情却似在凄风苦雨中赶路，实在艰难至极。哪个女子不愿意找一个痴情的男子共度一生，自古女子争风吃醋也不过是为了寻找一份完整的爱。

何其幸运，她偏偏遇见了专情赤诚的男子，他穿过车水马龙，穿过如云般簇拥的女子，走到她身畔，柔情百转地对她说："虽则如云，匪我思存。"那么多灿烂缤纷的女子，都不是他心之所系，不是他将思念与深情安置的地方。她也是个聪慧的女子，心如小鹿乱撞，却不动声色地听他诉说内心的汹涌情感。

围着他转的女子并不少吧，他偏偏看中了衣着素朴的她。不是因为美貌，不是因为家境地位，只是因为在如云的美女中，她是那么醒目，气质是那么干净清新，更因为她是茫茫人世间专属于他的那一个，命定的那一个，不可更改。

世界向来不是单一的色彩，花花草草招惹了无定性的虫儿蝶儿，但不是所有的人都喜爱美艳的风景。总有人爱那平凡无奇、一无雕饰的景致，总会有个情意甚笃的男子为他心中"非她不可"的那个人而不顾一切。他演绎了情爱史中，最初的痴情，那被他捧在手心，安置于心房的女子，也最终相信了爱情的永恒。

这便是《出其东门》一诗中全部的意思了。诗中用词并无夺目的绚烂之色，但因男子情思恳切真挚，明净深婉，全诗自有一种柔润绵软的温度，让人开始相信世间自是有情痴。然而这样一首温暖纯净的诗歌，却被人在《诗序》中添上了一个家国战乱的背景："《出其东门》，闵乱也。公子五争，兵革不息，男女相弃，民人思保其室家焉。"但心中盛满温情的人们，怎会相信这番为重礼法而毫无根由的说辞。正如钱澄之所说："刘辰翁云：舍序读诗，词意甚美。按篇中情景从容，似非兵革不息，男女相弃时事也。"

诗中自是有一种美丽纯粹的情怀透纸而出，未曾经历过的人，定然无法体会其中的美妙。

在最美的年华，邂逅一段明媚如花的爱情，本已是上苍的恩赐，无论今后红尘如何辗转缘分，不管将来是否能等到天长，在与心动之人不期而遇之时，一切都如清风携着花香沁入窗棂，优雅得让人心醉。如若这段爱情，能在穿过悠长而沉闷的岁月，抵达此时尚有雾霭笼罩的未来时，便更让人心旌摇动。

《出其东门》中，这个女子是这般幸福，这个男子是如此幸运，他们都是彼此的至爱，且此生的深情只付与这一人。在戏文、诗词中看多了爱情无疾而终的悲剧，如今看到他们自始至终都不离不弃，真如夏日里的一阵穿堂风，令人每根毛发都舒爽到战栗。

最初，所有的爱情都如悄然舒展的水仙，随风在清池中轻轻摇曳，但花开后便有花落，爱情也终究会沾染时光的轻尘。然而，情痴者终是有的。如若经历了无数黑夜与白昼之后，身畔依然有他在静静守护，你应当感激命运的恩典，亦要学会惜缘。

水畔春情——《郑风·溱洧》

溱与洧，方涣涣兮。士与女，方秉蕑兮。女曰："观乎？"士曰："既且。""且往观乎？"洧之外，洵訏且乐。维士与女，伊其相谑，赠之以勺药。

溱与洧，浏其清矣。士与女，殷其盈矣。女曰："观乎？"士曰："既且。""且往观乎？"洧之外，洵訏且乐。维士与女，伊其将谑，赠之以勺药。

溱河和洧水是两条诗歌之河。《桧风》的悲悯之思、《郑风》的浪漫之情都与这两条河有着千丝万缕的联系，而《溱洧》描写的正是三月三日民间上巳节，青年男女在溱洧水畔游春相会、互结同心的妙景。

上巳节可说是最为古老的情人节，《周礼》曾载："于是时也，奔者不禁。"《后汉书·礼仪上》亦有云："是月上巳，官民皆洁于东流水上，曰洗濯祓除，去宿垢疢为大洁。"每年仲春上巳之日，长河化冰，溱河、洧水带着春的气息汩汩流淌，一会儿就涨满了沙洲。彼时，着春装的青年小伙和姑娘们，则纷纷来到溱、洧水边，以新解冻的春水洗涤污垢，认为这样便可以除去整个冬天所积存的病害，以求在新的一年健康吉祥。

对于手拿着清香兰花的年轻男女而言，他们更愿意将此日当作在烂漫春日的踏青之日，野外悠游，波水嬉戏。如若撞见心仪之人，则更是上天神圣而仁慈的馈赠。此时的爱情，就如枝头的繁花一般，在明晃晃的春日，经清风一吹，便欣悦地舒展开放。

溱河、洧水两岸鲜花满地，手拿芍药花的少男少女尽情游赏。《溱洧》这幅欢乐无比的游春图，让人恍如回到了先秦上巳节，我们似乎可以从中听到鲜艳的芍药花瓣开出的爱之声："维士与女，伊其将谑，赠之以勺药。"

古时的爱情之花为什么是芍药（即勺药）？《本草纲目》中记载芍药："犹婥约也。婥约，美好貌。此草花容婥约，故以为名。""芍药"读起来是"着约"的谐音，即是守约、赴约之意。三月春来，芍药如期开放，如同爱情刚开始之时，你我相约黄昏柳后，不见不散；又似爱情初生的时刻，那一场早已注定的花盛时的绚丽相逢。

春有繁花盛放，夏有绿荫遮檐，秋有燕子南飞，冬有落雪铺径。每个季节都有让人称奇的风景，但若要问起最喜欢哪一个时令，想必多半人会选择永远活在温润明朗的春天。天地万物苏醒之时，爱情也悄悄萌芽。而热闹的上巳节恰恰成了滋润爱情的清凉雨露。

"溱与洧，方涣涣兮。"春天到来，万物复苏，河水哗啦啦地流淌，踏青之人竟一时不知如何表达内心深处的欣悦与欢愉，唯有沉醉在这一片融融春光中，让爱情与欣喜在心底一起疯长。

在众多的男男女女中，诗人只抓住了一对男女细腻的瞬间对白。

女子说："我们一起去洧水边游春吧！"

小伙子则说："我曾去游玩过。"

女子又说："虽然如此，也不妨再去走一走！"

或许这位女子已经爱慕男子许久，踏青之时恰好与之相遇，坦率邀约而游。或许他们不曾相识，不过是一见倾心，在女孩儿大胆邀请之后，爱情便如陌上的无名花一般，在春风轻抚中恣意盛开。这样一场繁花似锦的相逢，我们仿佛听到点醒春光的一声声虫唱；看到点亮春日的一颗芽苞，点破春水的一剪燕尾，点染春风的一滴清露。而爱情就这样从漫漫冬眠中缓缓苏醒，在懵懂的青春里抽芽生长。

千年之前这一幅美好的游春图画，好似发生在每一个人身边。微醺的仲春，有着轻柔的暖风，有着鲜艳的繁花，有着青翠的绿荫，更有着浓郁的生活气息。在这好似梦境般的氛围中，年轻男女缠绵传情，温柔相爱。这看似是一首从山涧流淌出来的清澈之诗，但谁又能否认，这实则是古朴先秦最为真实的生活画面？

卷二　入骨相思君知否

思念，是一种期许，这期许越刻骨，则表示付出的感情越多。只是，思念哪能太计较付出，只要心甘情愿，这份感情便如同开在夏初的莲花，清幽四溢，但这需要你耐心地等待它从污泥中亭亭而出。某一天，或许你的耐心便会以一种你不自知的方式得到补偿。

相思不曾闲——《周南·卷耳》

林语堂这样诠释爱情："吾所谓钟情者，是灵魂深处一种爱慕不可得已之情。由爱而慕，慕而达则为美好姻缘；慕而不达，则衷心藏焉，若远若近，若存若亡，而仍不失其为真情。此所谓爱情。"或许爱情之别名，就谓之相思吧。

古人的相思惦念，着实让人感佩，即便因为万水千山的距离，将爱恋熬成了缠绵伤口，亦从未有过放手之念。心有灵犀一点通，当你思念我时，请相信我也在思念着你。《周南·卷耳》中的男女主人公就是怀着这样的心境吧。

采采卷耳，不盈顷筐。嗟我怀人，寘彼周行。
陟彼崔嵬，我马虺隤。我姑酌彼金罍，维以不永怀。
陟彼高冈，我马玄黄。我姑酌彼兕觥，维以不永伤。
陟彼砠矣，我马瘏矣，我仆痡矣，云何吁矣。

"卷耳"是常见植物"苍耳"的古名，这种植物的果实上布满小刺，一向令人敬而远之，甚至连牛羊都很少碰它。然而，三千年前的某个春日，一个神情忧伤的美丽女子正在采摘卷耳，她把采撷到的卷耳放进自己身后的筐中。尽管山野之间卷耳繁盛茂密，她亦采撷了许久，可她背后的筐中，仍是稀稀落落，甚至连筐底都无法铺满，好似她零落的心事。她索性负气地将浅筐丢到青青草色之中，自己坐于卷耳丛中，望着比天边还要远的远方，沉默不语。

丈夫被一纸征役书调到离家很远的地方戍守，刚刚离去，更不知道什么时候会回来。他走了，好似阳光明媚的白天也充盈着黑夜的梦魇。思念和等待想必是世间最折磨人的事情了，他虽不在身边，但在她眼中心里，他处处都在。当她描红画眉时，他好似在旁侧微笑观看；她穿针引线做女红时，他好似伏在书桌上写词赋诗；当她在田野采摘卷耳时，他好似也在不远处采撷。晨昏暮晓，日复一日，她难免会精神恍惚，心不在焉。懒得去梳妆，懒得拿起针线，就连采摘卷耳都是采不满浅筐。

他不在，生活是如此潦草。

卷耳也如同《诗经》中提到的其他千千万万种植物一样，本来普通到在山间田头随处可见，只是因为诗人含情脉脉的表述成为有情之物——卷耳漫山遍野，相思渐渐蔓延无边。眼下还有什么重要的？剩下的只有思念了。

思念一个人，是一种幸福还是忧愁？或许二者兼有。朝夕相处固然是令人憧憬、让人羡慕的相爱模式，但并非人人都能如愿。宋人秦观词中写得好："两情若是久长时，又岂在朝朝暮暮。"如同传说中的牛郎织女，纵使每年只有一次鹊桥相会，"金风玉露一相逢，便胜却人间无数！"真正蚀骨的爱情，可以跨越空间的距离，可以抵挡时间的消磨，相思总能翻山越岭，到达对方身边。两颗有情的心，才是爱情长久的关键。这样的默契与深情，才更让人觉得荡气回肠。

"当你在思念我，请相信，我也在思念你。"想必这是最让人宽慰的言语了吧。

当《卷耳》中的女子被如潮水般的思念淹没时，那个她日思夜想的人，也在想着她。他艰难地走在征途古道上，仆夫病倒，马儿也将要倒下。长路漫漫，男子只好姑且喝尽杯中之酒，来消解难耐的思念。因了悲怆铺天盖地袭来，即便是换上无底的酒杯，这永怀之伤，还是未能稀释半分。

爱情或许就是一桩赌注，将一生押在里面，用等待与思念期待对方归来，相信他终有一日会再出现。也正因了心底那份笃定，让隔着千山万水的两个人，从不觉得距离是种负担。相思固然苦楚，竟也会品尝出甜蜜的味道，或许这便是两情相悦的力量。

采着卷耳的女子和走在途中的男子，他们虽然远隔天涯与海角，但相同的爱与相思，让彼此的心拉得很近、很近。只要裁剪相思铺路，便能抵达彼此。

明人戴君恩在《读诗臆评》中，评论《卷耳》云："情中有景，景中有情，宛转关生，摹写曲至，故是古今闺思之祖。"此评如是。有时爱情近在咫尺又远在天涯，只因隔着一层薄膜。如若两个人相亲相爱，纵然相隔万里，也已然可以感觉到对方的存在，时空的界限也会在这对痴情男女的执着面前消失无踪。

等到断肠时——《郑风·子衿》

> 青青子衿，悠悠我心。纵我不往，子宁不嗣音？
> 青青子佩，悠悠我思。纵我不往，子宁不来？
> 挑兮达兮，在城阙兮。一日不见，如三月兮。

古人穿衣打扮的规矩极为严格，须按社会等级从穿着上区别身份。汉代以前有明文规定，唯有官员方能佩戴冠帽，商人不得穿丝绸缝制的衣裳，只能穿葛麻料子的成衣。读书之人则地位很高，准许穿着当时甚为优雅高贵的青色衣服。故而，"青衿"便成了书生雅致的别称。

"青青子衿"，每当念起这四字时，唇齿轻轻碰撞间好似有一种淡淡的悠然的书生味道。

如果说思念也有颜色，那一定是青色了。红色太热烈，粉色太过轻浮，柳色太易牵扯出离别之殇，墨色又嫌沉闷，唯有青色，优雅高贵，清新可喜。若是浅的思念，青色便是眼前心头一抹葱翠的底色，并不张扬，却已诉尽相逢的祈盼；若是深的思念，青色就是时光尽头一方古朴沉静的天地，慢慢地将情意化入生命的轮回。

"青"在古时，即是蓝色。《毛传》中说："青衿，青领也，学子之所服。"或许每个女子内心深处都藏匿着一位书生知己。他或是《牡丹亭》中的柳梦梅，温文尔雅；或是《西厢记》

中的张生，木讷痴情；或是《桃花扇》中的侯方域，才华横溢。一首诗或是一阕词，便深深触动女子的心怀，让她们的心湖旖旎，荡出一圈又一圈相思的涟漪。

《子衿》中的女子站在城头，看见意中人穿青领之衣，佩青色之玉，从人群里翩翩走来，那样年轻美好，好似生命初绽的欣然——只可惜，一切尚是想象，她心中的"青青子衿"还未到来，她还在焦灼地等待，等待在黄昏的余晖中，新月的清辉下，逢着他喜悦的身影。

一如温庭筠在《梦江南》中刻画的一幕："梳洗罢，独倚望江楼。过尽千帆皆不是，斜晖脉脉水悠悠。肠断白蘋洲。"女为悦己者容，词中女子精心梳妆打扮，自然是希望有人来欣赏，而这个人，必是她日思夜想、牵肠挂肚的那位。她独倚江边楼阁，看着苍茫水面，鸥鸟展翅而过，鱼儿掀起微澜，万物有灵且美，她却无心关注，只把所有心神全放在那拖曳着白色浪尾的船上。只是夕阳余晖脉脉，无边江水悠悠，她依然形单影只。

千帆过尽时，到底有几个女子等来了郎君呢？怕是黄昏掩映时，收获的只是沉甸甸的失望罢了。《子衿》中的女子，带着一点焦急和一点执拗，一次次踮起脚尖张望。如若这位"青衿"赶到之时，在新月的清辉之下看到此情此景，定会倍感幸运，更觉幸福至极。

李清照在《一剪梅》中写道："花自飘零水自流，一种相思，两处闲愁。此情无计可消除，才下眉头，却上心头。"赵明诚负笈远游已有段时日，李清照独居家中。一别之后，"红藕香残"，秋色渐浓，良人却迟迟未归。桌上杯盏成双、床前红烛作对，书房内满架的书画、堂外长鸣的归雁，无不提醒词人：那人不在身边。

并不是所有的爱情都能经得起等待，也不是所有的等待都会得到回应。等到心酸，等到断肠，独倚危楼，看飞鸿过尽，云中不见锦书来，这一颗心难免会空空荡荡，触目皆是愁。等待太过长久，思念也就变得悠长。"悠悠我心""悠悠我思"，好似一番痴情的剖白，只盼他能听见；长相思的苦楚，只盼他来抚平。然而，他到底没有来。在最初，她定然是只有深重的爱，因爱而

想念，因想念而痛楚，无奈别离太久，音讯皆无，女子于是就生出了怨言："纵然我不曾去找你，难道你从此断绝音信？纵然我不曾去找你，难道你不能自己来？"

她是怨这千山万水的屏障，也怨对方竟然全无消息。而这一切的初衷，却都因爱而生，因思念而起，否则她何至于发出"一日不见，如三月兮"的深情痴叹。一往情深深几许，自古以来女子就是深秋寂寞人，为何女子要怨，想来也是因为那痴情的男子迟迟不肯交付真情。只是，联想起"青青子衿"的可喜景致，便知女子的思慕之心终究还是清澈的。

李清照在写完《一剪梅》后，盼得了书生情郎，自此赌书泼茶把酒言欢的欢愉、典衣当物购置古玩的乐趣、锦衣玉食的安乐生活、阳光温淡的青州十年，都是她幸福的见证。纵然金兵的铁蹄踏碎了她完满的梦境，使她后半生颠沛流离，无所归依。至少那些如烟花般绚烂的过往，已足够奉养她此后的生命。或许女人皆是为爱而生，犹如杜丽娘，为情而死，又因情而生。如若心中有爱，即使"一日三秋"又何妨？

隔河望伊人——《秦风·蒹葭》

"隔江人在雨声中，晚风菰叶生秋怨。"此是吴文英《踏莎行》中的结句。雨声迷蒙凄怨，晚风微茫凉薄，菰叶簌簌翻飞，吴文英站在此岸，与可望而不可即的伊人，隔着波澜微起的江水。

有人曾说，词家有吴文英，好比诗家有李商隐。吴文英这首《踏莎行》让人忍不住联想到一幅江水烟雨画面，他倾尽全力欲要渡过江水，却总是被淅淅沥沥的雨声隔断，他前进一步，伊人便后退几分，好似彼此有着永恒的无法跨越的距离。

即便是一向最不喜欢吴文英词的王国维也对此二句大为赞赏："余览《梦窗甲乙丙丁稿》中实无足当此者。有之，其'隔江人在雨声中，晚风菰叶生秋怨'二语乎。"眼前景，是真是梦，是实是虚，或许连作者自己都分辨不出，却让人实实在在感受到了，那不断撩拨心扉的似有似无的感觉。

但若细细想来，吴文英这两句被后人称道的词，不正是从《蒹葭》中化用而来的吗？虽化用得极为自然，如同己出，然而将其与《蒹葭》放在一起，终究有不及之处。

　　蒹葭苍苍，白露为霜。所谓伊人，在水一方。
　　溯洄从之，道阻且长。溯游从之，宛在水中央。
　　蒹葭萋萋，白露未晞。所谓伊人，在水之湄。

溯洄从之，道阻且跻。溯游从之，宛在水中坻。

蒹葭采采，白露未已。所谓伊人，在水之涘。

溯洄从之，道阻且右。溯游从之，宛在水中沚。

清晨，白露茫茫，秋苇苍苍，一个男子痴迷地在水边徘徊，寻找他的伊人。伊人在哪里？她似乎就在眼前，但却隔着一条无法泅渡的河水，他只能看到佳人在水一方的倩影，美丽的笑容在雾中若隐若现，伊人也就可望而不可即，男子怅然若失。

伊人之美，就在于她"宛在水中央"。隔着一条无法逾越的河流，青年从未真正清晰地看到过自己的心仪对象，但心中怕是早已有了她的模样。她有着清水一般的面容，月华一般的肌肤，蝉翼一般的衣裳。或许，她本身就是一首写于水上的诗，清雅如许，不染纤尘。想要倾情追寻的事物，总是美丽的。然而越是美丽不似凡间之物，越是追寻不到；停下要追逐的脚步，又总是无法割舍。

世间情爱，多半是落花有意，流水无情。多少单相思的故事，大体上都遵循着这样的蓝本——"我喜欢你，却是你不在乎的事"。不过是白纸上十几个墨字，已是情路上刻骨之殇。然而，总有人在单相思的深海中游弋，尽管知晓或许有一天，这段被他守口如瓶的恋情，最终会沉入湖底，化为一片不见天日的青藻。

女子未能从"水中央"走出来，她只能属于水边，临水而居，与秋霜、芦苇为伴，如此才显得那么不染尘俗，于盈盈一水间，脉脉不得语。而男子在焦急中徘徊、彷徨，无论是"溯洄从之"，还是"溯游从之"都无法来到女子面前，对她倾诉内心汹涌的情愫。

人世间越是追求不到的东西，越是觉得它可贵，爱情尤其如此。英国戏剧家萧伯纳曾说："人生有两大悲剧，一是没有得到你心爱的东西，另一是得到了你心爱的东西。"后者是怕丧失了目标，怕失去了动力，怕已经捧在手里的梦想反而不及幻想中的美好，怕这一切如露珠迷雾，经不起艳阳的考验。而关于得不到的痛苦，大多数人都体会过。生命中总有些无法得到回报的爱情，让人肝肠寸断，剪不断，理还乱。然而越是如此，伊人在男子心中，便越发高洁、可爱、可敬。

因为不曾得到，所以不觉失去，或许这是世间最美的境界了。

"所谓伊人，在水一方。"一幅古典的绝美图画，就在眼眸之下，如此景

致，望一眼，便已心醉。伊人之美，穿越千年，依然鲜活如初。就连水边常见的肆意疯长着的芦苇，也染上了千年的美丽，成为美好的爱情象征，永远流传。

古罗马诗人桓吉尔有一句名诗——"望对岸而伸手向往"，被后人理解为追求情人不得而隔水伸手向往，仍是求之难得。德国古民歌描写追求女子不得也多称被深水阻隔。正所谓"隔河而笑，相去三步，如阻沧海"，人类恋爱的情感以及求之不得的失恋感受大概是相通的，不然古欧洲与古中国为何都以隔水相望来描述苦恋苦求的感受？

思念可以是一瞬，也可以是一生的事情，有时转眼间便是花事荼蘼，有时却成为终生不可企及的梦境。"所谓伊人，在水一方"，那距离虽然咫尺可见，却是远在天涯，美好的思念缠绵如流水，却是怎么流，也流不到江水的那一方。

月光美人相思情——《陈风·月出》

自古月光便是美好的象征，世人用它来代表美好的人物、事物、时刻、场景、愿望，甚至是为其创造出美好的神话故事，其皎洁、清明、澄澈、神秘，让无数的人心生向往。月出之时，如琥珀般清明的光辉，便透过弯曲遒劲的枝丫，透过镶着薄纱的窗棂，投射进烛光将熄的屋内，这一明一暗的映照，好似麻醉世人思绪的方剂，让人蘸着这一瓢月光，深深思念摇曳在梦里的意中人。

最早将思念与月华牵系在一起的诗歌，想必是《诗经》中的《陈风·月出》吧，诗中既有月下的迷离，亦有相思的惆怅。诗人写恋慕的女子，便将她置于月光之下，她的面容、身姿、体态在月光下慢慢展现，构织出一幅别样的美景：月光朦胧下，一个曲线优美的女子缓缓踱步，几分神秘，几分忧愁，月光和白衣共舞，清辉和素颜映衬，让人无限动容。

> 月出皎兮，佼人僚兮。舒窈纠兮，劳心悄兮。
> 月出皓兮，佼人懰兮。舒忧受兮，劳心慅兮。
> 月出照兮，佼人燎兮。舒夭绍兮，劳心惨兮。

诗歌言志，内心有澎湃情愫，即发而为诗，《月出》亦是如此。女子在皎洁如水的月光下伫立，这恰恰成了男子心中最为美丽的风景，心生爱慕，情不自禁便唱出了这一首歌。

天上月儿多么皎洁，照见你那娇美的脸庞，你那优雅苗条的倩影，只能使我心中暗伤。

天上月儿多么素净，照见你那妩媚的脸庞，你那舒缓安详的模样，只能使我心中纷乱。

天上月儿多么明朗，照见你那亮丽的脸庞，你那婀娜多姿的身影，只能使我黯然神伤。

一位优雅而多情的诗人，心有所属，时刻不能忘怀，因而夜不能寐。他为排遣相思，披衣下床，步入小院中央，盘桓良久。"明月当空引人愁，万家欢乐唯我忧。"月光如洗，澄澈无瑕，千里的明月光，却让歌者忧伤起来。歌声仿若天籁，飘散在纤尘不染的天空之中。

朦胧间，月光照耀下，如琼如玉的远处竟然出现了那位女子的身影。她体态匀称，身姿绰约，飘飘欲仙，不似凡俗。诗人举步靠近，想要一睹芳容，但幻影如雾，渐渐消散。诗中的美人，若真若幻，似梦非梦，恍惚迷离。此是现实中真实的场景，还是因诗人思念之切，几近成痴的幻觉，似乎没有人能说得清楚。

这许是月光美人的最初印象。"月出皎兮，佼人僚兮。"一个"皎"字，传达出后人对月光永久的记忆，即是皓洁。阳光似火的朝气，若坚毅如磐石的男子，而月光娴静优雅，恰与美人的窈窕之感相称。故而，将月光来比美人，确实"劳心悄兮"，让阳刚之气的男子有着无尽的思怀。

月光由此即成为世间最为动人的意象。五代花间词人温庭筠有词云："心事竟谁知，月明花满枝。"巧妙地将花与月联结起来。初读时，仿若眼前晕染出一幅夜景图。盈盈月光铺满整个庭院，满树开着的红黄花朵，亦在澄净的月华中，氤氲着幽幽清香。而闺中女子的心事，也唯有这满枝繁花以及这满院月华知晓且懂得。正是在满院月辉中，温庭筠勾勒出的正饱受着相思之苦的美人，让人怜惜，又让人心疼。

张可久《凭阑人》中"江水澄澄江月明，江上何人掬玉筝"诞生出来的无限感慨，在人与月之间飘浮，纵使铁石心肠亦会化作缠绵的绕指柔。

最有名的恐怕是苏轼的《水调歌头》："明月几时有，把酒问青天。"月的阴晴圆缺与人的悲欢离合，皆是不能掌控之事，但仍心怀美好的希望，期盼夜夜的团圆。这早已是千古绝唱，永留人间。月上柳梢，诗人的情愫演绎着人间的喜怒哀乐；月下吹箫，诗人的风姿吟唱着古老的经典。月洒银辉，素影迷离，在历史的长河中荡漾着璀璨的波光。

月光清雅、素淡，好似一曲离歌拨动人们的心弦。"嫦娥应悔偷灵药，碧海青天夜夜心。"李商隐如是说。许是因了嫦娥的离思，才引得月光如水，悠远、神秘，而又妩媚动人。古往今来，几乎每一位诗人或者普通人，都曾将时间装不下的情感，寄存到了那座冰清玉洁的天上宫阙。也正因了这些守口如瓶的秘密，月华才更显出别样的美丽。

清代张潮说："楼上看山，城头看雪，灯前看月，舟中看霞，月下看美人，另是一番情境。"又说："山之光，水之声，月之色，花之香，文人之韵致，美人之姿态，皆无可名状，无可执着，真足以摄召魂梦，颠倒情思。""月下美人"这一意象，在中国古典审美中，逐渐成了经典，而《月出》一诗，可谓这一经典的鼻祖，它使得《诗经》中的月亮，从一开始，就染上了相思的色彩。

闲愁都几许——《王风·采葛》

王实甫在《西厢记》里写道:"花落水流红,闲愁万种。"一番闲愁竟有万种,只因它并没有一个确定的模样。有人说闲愁是雨后落花、柳上新月;也有人说闲愁是日暮黄昏、梧桐秋雨;还有人说闲愁是醉生梦死间的几句低吟。闲愁到底为何物,恐怕也只有品过闲愁滋味的人才说得清。

闲愁或许每个人都有,清明朗净的上古岁月中,穿着粗布葛衣的人们,便有着清淡如水的闲愁。《王风·采葛》便是一个因不能与爱人时时相聚而生出万般愁绪的故事。

> 彼采葛兮,一日不见,如三月兮!
> 彼采萧兮,一日不见,如三秋兮!
> 彼采艾兮,一日不见,如三岁兮!

相聚无望,他只得在心里、在脑中刻画着她的清秀模样。尽管在无尽的等待中,他受着相思的折磨,却从未有过放弃的念头,反而因爱之深、情之切,好似寻到了生命的意义。此生此世只为爱,一日不见便有三月、三秋、三岁之感,这是痴也好,是醉也罢,细细掂量起来,诗中男子这份闲愁在"万种"之中,竟显出了郑重其事,也附加了沉甸甸的重量。这一抹闲愁,美丽、伤感、缛艳、凄凉,让人不得不感叹,到底是怎样的笔触,究竟是多深的相思,才将闲愁赋予了如此独一无二的质感。

李商隐当初写下那句痛彻心扉的"一寸相思一寸灰"时，内心或许只余灰败绝望。若把相思之苦倾注于岁月的沧海桑田，那么只需细细描摹相思的形状，便如同历尽了时光的凋残与生命的风化。

对于热恋的情人而言，分离从来都是难以忍受的痛苦，相思也从来都是时光的倒刺，勾连心肠。只是比起唐诗宋词里哀婉诗意的表达，《采葛》中的离愁思绪，要更干净清新一些，其中的思念亦是一径的朴素直白，丝毫不绕弯子。

"我深深爱慕的女子要去采葛藤，整整一日没能见面，我在清水畔小路中思念，这一天漫长得好似隔了三个月一样。我深深爱慕的姑娘要去采香蒿，又是一整日没能相见，我在屋檐下庭院里彷徨，这一天漫长得好似隔了三秋一样。我深深爱慕的姑娘要去采艾草，仍是一天的光景没能相逢，我在清晨中雾霭里徘徊，这一天漫长得如同隔了三年一样。"

他不说自己是如何为对方相

思成灾，亦不去想象对方如何思念自己，更不去思量这份恋慕和想念于彼此的全部意义，他只是近乎笨拙地倾诉当下的心情：一日的孤独，好似三个月那样漫长，就算四季早已变更，岁月也已更迭，我也仍旧寄身在没有你的时光之中，尝尽想念的落寞与苦楚。

朱熹在《诗集传》中提到《采葛》时这般说："采葛所以为绨绤，盖淫奔者托以行也。故因以指其人，而言思念之深，未久而似久也。"因为思念深切似海，等待姑娘采葛归来的男子竟是这样坐立不安，从而觉得时间也如黄昏时的影子一般，被无限拉长。

奔走于熙熙攘攘的凡尘俗世，有谁能不食人间烟火；在十丈红尘中周旋今生，又有谁能逃开一个"情"字。多少痴儿怨女的伤怀情字，才子佳人的风花雪月，都在无际的岁月中随风而逝。唯有那无垠的相思情怀，在泛黄的岁月里，和着书香一起弥漫。

爱得太过深切，太过浓烈，那无处安放的惦念才会使得身在其中的人，夜夜难眠，日日悲伤，一秒钟也好似有一光年那般漫长。《采葛》中"一日不见，如三月兮"，并非荒诞之语，但凡深深爱过的人，都能体会。

向来爱最难消磨，那销骨噬心的滋味，想必每个人都尝过。相爱之时不是为了告别，却总是难逃分袂的宿命。在相爱的人心里，就连最公平的时间也是偏心的，它赐予相爱的人短暂的快乐，却带给分离之人漫长的痛楚。想念越深，分离的时光越是痛楚漫长，难耐难熬。或许是爱得太过浓烈，才惹得如今思念难息，往日寻常度过的时日，此时都带了尖刺，仿佛定要将他刺痛，才能证得此番深情。

卷三　金风玉露一相逢

情爱在某时某刻，往往会猛然迸发出无法抑制的璀璨火花，常会令人在措手不及的时刻就陷入爱恋的沼泽而无法自拔。这份感情的曼妙之处便在于它的无法预知，当你无法得知你会如何爱上一个人时，或许，你早已经在偶尔回眸中，发现了那个与你可以眉目传情、两厢爱恋的人，即便千山万水，也无法阻隔。

花开堪折直须折——《召南·摽有梅》

摽有梅，其实七兮。求我庶士，迨其吉兮。

摽有梅，其实三兮。求我庶士，迨其今兮。

摽有梅，顷筐塈之。求我庶士，迨其谓之。

暮春时节，杨梅成熟，有风吹过来的时候，小梅子不时掉落。路旁一位姑娘见此情景，敏锐的内心感受到青春无价。眼看时光流逝得太快太无情，她想到自己依然婚嫁无期，便有了这首诗歌。

苍茫世间，人类终究太过渺小，无法阻止时间从指缝间流走，唯有在镜中照见自己渐渐苍老的容颜。《牡丹亭》中的杜丽娘，青春守空闺，无奈于"如花美眷，似水流年"；《红楼梦》中的黛玉，亦有一曲《葬花吟》，以漫天飞舞的落花为引，叹息"一朝春尽红颜老，花落人亡两不知"。青春实在是一本太过仓促的书，翻过去了便不能再回头。

《召南·摽有梅》中的女子，欲要在锦瑟年华里，遇到合乎心意的男子来向她求爱，与他来一场比烟花还要烂漫的爱恋。一次次期望，也一次次失望。梅子树上的果实渐渐掉落，好似大好的青春逐渐凋零。身边的闺中密友也一个个陆续嫁掉，女子的心有点急切了，于是接下来唱出的数目就变少了：由"七"减到"三"——树上的梅子只剩下三成了，小伙子呀，要来下聘礼的话就在今日，要是你不下，明天人家来迎娶了也说不定，到那时候你后悔可就来不及啦。

聪明伶俐如她，将自己比作杨梅，请小伙子来采摘，婉转地表达了自己的心声——来追求我吧。如此一来，既保留了女子的优雅与矜持，又恰如其分地表白了自己的心意。无怪乎春秋之时，晋国人范宣子来到鲁国，欲要请国君帮助晋国伐郑，却又好似罩在云里雾里，猜不透鲁君之时，便吟了这句诗："摽有梅，其实七兮。求我庶士，迨其吉兮。"

因未曾挑明，这满含期待的请求，亦给双方留下了回旋的余地。在木讷的将士诸侯还未能参透其中含义时，鲁君早已心领神会，他也吟诵了一段诗——《小雅·角弓》："骍骍角弓，翩其反矣。兄弟昏姻，无胥远矣。"弯弓的弦线要时常调整，兄弟亲戚之间，也要时常叙叙旧，以免关系会生疏。鲁君言下之意再明显不过，两国是兄弟之邦，一衣带水，彼此的事不分，我同意帮你攻打郑国。

不是每一个人都懂得范宣子婉转的请求，也不是每个人都明晓女子有些急切，又有些大胆的吟唱。故而，待到梅子纷纷落下，她终究没能在吉时，在年华正好时，等来以诗作答，向她求爱的男子。

女子的心确实有些急切了，故而接下来的吟唱中，梅子数目渐渐变少。眼看着婚期将尽，美好的岁月就要逝去，中意的男子还是未能前来求爱，这如何不让女子着急。

或许是对方不喜欢她，或许是他傻乎乎的不明事理，听了女子的进一步表白还是没有一点反应，女子只好使出自己的撒手锏——放下矜持的身段，拿出最大的勇气：小伙子，你别走，和我来说几句话，看我们是否合适。如若合适就嫁给你了。如此直白的话语，真是道尽了女子的急迫与无奈：岁月无情，人生苦短，她不愿错过此生最好的青春年华，空留悔恨和叹惋。

这类女子在历史中并非少数。隋朝江南女子红拂便与《摽有梅》中的姑娘毫无二致。在混沌的时代里，姿容俏丽的女子，或许唯有沦落风尘方能求得一席之地。姿容俏丽的红拂，亦未能逃脱命运的掌控。只是，她并未将繁华的烟花巷当作此生的归宿，亦未失去洁净的初心。故而，当文武双全、刚毅果敢的李靖出现时，她便强烈地感觉到此人定然是自己的命定之人。

她知晓唯有决绝，才能成全梦中的场景。有些事情，一旦错过，便成永远的过错，转身即是永别。于是，聪慧如她，当晚便毅然决然来到李靖下榻的客栈。冯梦龙在《智囊》中记载："靖归逆旅，其夜五更初，忽闻叩门而声低者。靖启视，则紫衣纱帽人，杖一囊，问之，曰：'杨家红拂妓也。'延入，脱衣去帽，遽向靖拜。靖惊答之，再叩来意，曰：'妾侍杨司空久，阅天下之人多矣，无如公者，故来相就耳。'"

红拂的这一场夜奔，是内心的笃定，有着华妙的庄重感。红拂是这般遵循着内心的感受，径直走到李靖面前，告诉他自己内心正翻滚着的狂潮。李靖亦是怜香惜玉之人，况且壮志未酬的他，正是寂寞难耐，需要一个红颜知己伴他度过幽深低谷。于是，两人当晚便结发为夫妻。

爱得如此勇敢热烈的女子，总是这般让人，甚至让朗朗天地为之动容。

诗评家龚橙《诗本义》中云："摽有梅，急婿也。"一个"急"字，便将全文的情感说得淋漓尽致。红颜易老，此话说得一点不假。倏然间，时间的沙漏便会滴落大半，那些费尽心机的挽留，不过都是徒劳的尝试罢了。

繁花经不起风雨的摧折，容颜也禁不住岁月的流逝。落红满径时，姿容也不再优雅，唯有让人一叹再叹。然而，相比起来，《摽有梅》似乎更让人触目惊心，只因它直奔主题——青春的大好时光，伴着哗啦啦的声音，就这般随杨梅落了一地。

这首《召南》中具有代表性的诗，比恢宏壮丽的《周南》诗灵活有余，不时有口语点缀，似是日常的对话，不免添了几分生活情味，这更加体现出当时的风情：

梅子落地纷纷，树上还留七成。有心求我的小伙子，请不要耽误良辰。

梅子落地纷纷，枝头只剩三成。有心求我的小伙子，到今儿切莫再等。

梅子纷纷落地，收拾要用簸箕。有心求我的小伙子，快开口莫再迟疑。

既然青春如此仓皇，何不倾尽青春，一晌欢娱？哪怕姿态不那么矜持，情意的表达不那么婉转浪漫，也好过失落了璀璨华年，辜负了青春的盛景，在荒凉的余生里徒然祭奠追之不及的时光。

情到深处生死以——《鄘风·柏舟》

> 汎彼柏舟，在彼中河。髧彼两髦，实维我仪。
>
> 之死矢靡它。母也天只，不谅人只！
>
> 汎彼柏舟，在彼河侧。髧彼两髦，实维我特。
>
> 之死矢靡慝。母也天只，不谅人只！

这一首上古时期翩跹而出的《鄘风·柏舟》，似乎已经美得足够意味深长了。形容爱情，玫瑰太俗，美梦太假，只一方小舟，便足够典雅。

并不宽泛的河面上，停泊着一只舟船，宛如爱情的风吹过，这只小舟迎风而动，但却为河畔的缆绳所牵制，无法随风而去。无奈之下，唯有悲恸不已。爱情不就是这样可遇而不可求，求得而无法得吗？

"汎彼柏舟，在彼中河。"古诗中围绕着"舟"的故事很多，而多半都有着哀愁的意味。柳永在《八声甘州》中写道："想佳人、妆楼颙望，误几回、天际识归舟。"他漂泊难归，自然是寂寞凄苦，但伤心的远不止他一人，还有盼郎归来的佳人。美人俏立在高楼上，无数次看到在水天交接处，隐现的白帆，盼着他就在船上，一再期待又一再失望。

小舟惹来许多愁，却又承载不下，世人也唯有将这愁和在日子里，慢慢消受。在红烛将熄未熄的深夜里，轻轻吟读这首诗，亦觉得满目是愁。一个女子爱上一个男子，但是却得不到家里人的许可，执拗不过，她只得仰天悲号："我的母亲我的天，为什么你不体谅女儿的心！除了他我谁都不要！不能和他在一起我宁愿去死！"

缠绵动人的誓言并不难以说出，只是如这个大胆坦率的女子这般，出口即是惊天动地之语，生命犹在，爱便不息，实在摄人心魄。即便先秦那时的民风再开放，说出这样斩钉截铁的诺言也并不多见。或许唯有后世的《上邪》能与之媲美。除非巍巍群山消逝不见，除非滔滔江水干涸枯竭，除非凛凛寒冬雷声翻滚，除非炎炎酷暑白雪纷飞，除非天地相交聚合连接，唯有这般事情全部发生，指天为誓的女子才敢将对心上人的情意决绝抛却。

爱从来都是这般，情到深处，唯有以死句读。

此诗先以水中柏木舟起兴，再细细描绘那个心仪男子的清秀面容，可见她对男子的爱恋已然许久。"那美发双髻的少年，实在让我好喜欢，我发誓永远不会变心。"想必这个将爱情埋在心间的平凡女子，已不再是说说而已，她发誓要遵循着心的指引，跨过种种阻隔，乘着柏舟渡到对岸，对那个敬慕已久的人表白最为诚挚的感情。

然而一切不过是她的一厢情愿，纵然她坚如磐石，终究拗不过波澜重重的现实，无法生活在传统的藩篱之外。尽管先秦之时，每年三月初三，仲春游会，允许青年男女自由相会，但很大程度上依旧受着礼教的束缚。古礼要求人们恋爱、结婚都要遵循"父母之命、媒妁之言"，正如《齐风·南山》中所言："取妻如之何？必告父母……取妻如之何？匪媒不得。"媒人说媒、父母定聘送礼等重重礼节，依然是谈婚论嫁时的必备环节与程序。

只是爱情的轰然来袭，从来没有中间路线可走，要么义无反顾冲破重重艰难险阻，做一个现实的叛逆者；要么为压制人性与自由的礼教让路，纵然不甘不愿。纵然这两条路线的方向截然相反，却往往殊途同归——最终妥协。陆游与唐琬，自幼便是两小无猜的一对，任谁看在眼里，都觉得这是上天的安排。却偏偏，唐琬不讨陆母欢喜，这对苦命鸳鸯修得同船渡，却无法在长辈制造的滔天浪潮中，安然划到彼岸。最终，不过是梧桐失伴，陆游重娶，唐琬另嫁。

古时的恋爱，多半以两情相悦开始，以父母阻隔为终。

世人总以为踮起脚尖，便会离幸福更近一些；以为再多走一步，便能见到云开雾散、柳暗花明的风光，却少有人鼓起勇气去打破束缚心灵的枷锁，即便不顾一切地捍卫爱情，也多半是一无所获，反倒弄得遍体鳞伤。心中之梦与当下之现实，往往隔着永恒的距离。

《柏舟》中的女子，哭着喊着非他不嫁，最终又是怎样呢？许是与意中人终成眷属，许是将赤诚的心意永远地埋在心底，而抱着认命的态度，与一个情感上不相干的人过了一生。无论是何种结局，想必她定然会在年老之时，立于河畔望着穿梭不息的行舟，猛然想起那段在水中百转千回却无法靠岸的过往，觉得岁月苍茫。诗人于此处留白，更让诵读此诗之人，心生悲凉之意。

读这首《柏舟》，眼前好似出现一个泪水涟涟的女子，久久停驻在流水河畔。此地或许是她与男子幽会之所，彼时他们携手采撷樱草，追逐彩蝶，累了就并肩坐于河畔，虽不言语，两两相对时，却是情意缱绻，格外留恋这个暖意恣生的人间。如今，只有她独自在此，形单影只地徘徊在岸边，欲要在回忆的河中，打捞起甜蜜的往昔。然而被欢愉包裹的过去好似一记耳光，狠狠地抽痛了脸颊，抽在了心上。

平淡的人生，总是需要些许悲情的故事来点缀。那些求而不得的爱情，那些追而无果的梦想，每每赚足当事者悲伤的眼泪，惹得旁观者无奈叹息。世人总也不懂，为何皆大欢喜的戏剧少有人谈起，而不完满的悲剧却能流传千古，让一代代后人口耳相传。许是，疼痛之感，总是能切入肌肤。

《柏舟》中的女子亦是让人空余嗟叹。一份炙热的爱情会因为无法言说而逐渐冷却，但同样如火的情愫也会因为激烈的争取而澎湃汹涌。人们终究无法左右这个冷漠的世间，唯有遵循其中的潜在规则，缘起时用力去爱，缘灭时洒脱放手。其实细细想来，过程终究是一种措辞优美的修饰，在结局面前形同虚设。冷冰冰的现实与结尾，依然会使原本热忱的心陡然生出巨大的裂缝，再无法缝合。但如若爱得坦坦荡荡，前途是否茫茫，未来是否恓惶，又何妨。只知晓，此时此刻，有爱就够了。

爱就是要山河无尘、朗朗清清，当如洁白的罂粟花一般，美丽得让人沉溺、让人无法抗拒。倘若一开始就计算得清明、守护得周全，那便不能算是爱。想来《柏舟》中的女子，也算是幸福的，毕竟她拥有了足以令一生快乐的记忆。那份与爱人相守的短暂时光，如同绽放在心间的旖旎阳光。如今虽然已是沧海桑田，但那曾经大声说出的爱意，却会永久陪伴她左右，是她余生温暖的记忆。

等佳人搔首踟蹰——《邶风·静女》

唐代诗人韩偓有这样一句诗："但觉夜深花有露，不知人静月当头。"写出女子在闺房里期许与等待的那份恬静，任时间一点点流逝，她依旧优雅矜持如初。相对于女子，男人的等待似乎充满了焦急——"爱而不见，搔首踟蹰。"

> 静女其姝，俟我于城隅。爱而不见，搔首踟蹰。
>
> 静女其娈，贻我彤管。彤管有炜，说怿女美。
>
> 自牧归荑，洵美且异。匪女之为美，美人之贻。

这是男子的等待，等待着如花的女子，也等待着爱情的发生。那是两千多年前的一天，阳光四溢，万物生长，繁花恣意盛放，鸟雀尽情歌唱。自古风流美事总要由良辰美景来配，就在这个暖意融融的春日，男子无暇顾及眼前的美丽景致，只顾徘徊徜徉，四处张望。他急急如星火来到心上人定下的约会的地方，生怕自己迟到，可是心爱的姑娘在哪儿？怎么如何寻觅也看不见呢？

心怦怦直跳，内心盼望着她早点出现，看她美丽的容颜，胜过花朵千万倍，听她清脆的声音，倾诉满心的爱怜。可现实让他着急，他抓耳挠腮，徘徊辗转，依然不见心上人出现。一个幽雅娴静的女子，迟迟不肯出场。

诗人并未细细描摹她的芳容，亦未一笔一画道明她的性格。

从小伙子束手无策的神情，世人自可以想象得到她的单纯与善良，聪明与俏皮。此刻，或许这个聪慧伶俐的女子正藏在墙角一隅，望着踟蹰许久的男子掩着小嘴窃窃地笑，想要看看他的表现到底如何。

男女在恋爱时，最易敏感。对方的一个不经意的小动作，一个无声的眼神，甚至一声随意的叹息，都好似惊雷猛然在头顶炸响。女子在约会时姗姗来迟，抑或是躲藏起来，这不免会让男子焦虑不安，备受折磨，在脑中细细回放相处时的每一个片段，是自己哪里出了问题。而躲在暗处的女子，看到对方六神无主的模样，心疼的同时更为欣喜。只因她已确知，他将自己安放在了心上。

与之相反，约会之时，无论是无意还是刻意，男方若迟到则多半会功亏一篑。元代有一首《寄生草·相思》的曲子便表达了女子对迟到男子的埋怨："有几句知心话，本待要诉与他。对神前剪下青丝发，背爷娘暗约在湖山下，冷清清湿透凌波袜，恰相逢和我意儿差，不剌，你不来时还我香罗帕！"

痴情的女子曾对着神像剪下头发，表明心迹，背着爹娘来湖边与心仪男子约会，本欲将掩埋心间的热腾腾的真心话倾诉于他，却没想到，等到日落西山，等到暮霭升起，等到鞋袜都浸湿，还未曾见到男子。这不由得她心生恼意，要他归还往昔她赠送给他的香罗帕。

如此看来，在幽会之时，唯有美丽如花的女子，可以迟到，可以躲在墙角一隅，等待着最后的出场。其实未曾出场之前，她亦掌控着整个场面的节奏，掌控着男子的心率与脉搏。

因了有人可以惦念，等待固然是一种磨人的煎熬，亦是一种温存的幸福。小伙子站在那里等待，心中开始回忆起俩人的甜蜜过往。清人焦琳言及此诗时曾云："待之久而不至，又想其最初始见相与通情之事也，当日游行郊外，适见伊人，在己尚未敢轻狂，在彼若早已会意，茅荑俯拾，于以将之，甚非始念之所敢望者，而竟如愿以相偿，故曰'洵美且异'也，今茅荑虽枯，不忍弃置，'说怿女美'，彤管同珍，夫岂真荑之为美哉，以美人之贻，自有以异于他荑耳。"

　　他想起心爱的女孩送给他的彤管，这个礼物精美至极，色泽明艳鲜丽，一如姑娘的容颜，让他爱不释手。他还记起有心的女孩从郊外归来时，采撷了一株荑草送给自己。它不过是一根嫩嫩的草，随处可见，但因是他心仪的姑娘亲手采摘，便感觉其重于泰山。物微而意深，一如后世南朝宋陆凯《赠范晔》的"江南无所有，聊赠一枝春"，或许这便是爱情的力量。自此之后，女子便与他定下了信物，结下了情缘。

　　这样美的"静女"，这样美的回忆，就连回忆中的物件都那么美，始终都是男子眼中心底的光景。

满身风雨来践约——《郑风·风雨》

> 风雨凄凄，鸡鸣喈喈。既见君子，云胡不夷？
> 风雨潇潇，鸡鸣胶胶。既见君子，云胡不瘳？
> 风雨如晦，鸡鸣不已。既见君子，云胡不喜？

这首《风雨》讲述的故事，发生在一个风雨交加的夜晚。

夜色渐深，女子仍在事先约好之地耐心等候心仪男子如约而至。然而，在等待之时，突降暴雨，雷电交加，狂风呼啸，连鸡窝里的鸡都惊得咯咯地叫。女子的心也随着鸡叫、雨声不安起来。他还会来吗？这么大的雨，他也许就不来了，他最好也别来，这么大的雨，淋坏了怎么办？此时她的心理是矛盾的，既希望他能够冒雨践约，但是又怕淋坏了他。正在矛盾之时，女子抬眼看见对方满身风雨而来。

隔了千年，我们似乎仍能透过泛黄的书页，在稍稍模糊的字里行间，看到女子脸上笑靥如花。他满身风雨地站在她面前，以坚定的行动表白他深情似海的心意，这让她的心情怎能不澎湃，心病怎能不解除？

诗人写女子风雨之中怀人，却未直言她如何惦念，心情如何焦急难耐，只是反复通过"风雨""鸡鸣"渲染女子孤独沉闷的思绪，反衬出女子的矛盾心情，显现出精准的艺术表现力。况且，也唯有极度夸张地描摹出外界环境的动荡不安，才越发能够烘托出女子见到男子后的狂喜和安心，以及那种雨过天晴般的明朗心境。

未能重逢之时，想必女子是日思夜想，在如浓墨般黑暗的夜里辗转反侧。幸然，他不曾辜负她的一番心意，为了这次相逢，越过千山万水，不顾凄风苦雨的阻隔，毅然走至她面前，践行爱的誓言。

等人确实是一件苦差事，想必每个人都有过这般经历。翘首以待之时，人往往容易变得焦躁不安。在左顾右盼之中，时间的沙漏好似堵塞了一般，无端变得漫长难熬。如若最终等到了对方，便不负这场煎熬；假如对方负约，不仅虚掷了时光，花费的心血感情更是付诸东流。

世人多半以赤诚之心在花前月下，对心爱之人许下动人的誓言。然而，岁月变迁，时光换颜，往昔香甜如蜜的言语，往往成了当下情殇之源。貌美的霍小玉以爱为信仰，却在日复一日的等待中，心如死灰，自此失却了那份对生活的期许。

那一年的春天，他从郊外打马归来，昂首阔步地走在长安城的大街之上，脸上难掩的是心中的兴奋与得意。作为这一年的新科状元，李益的才华几乎被所有人赞叹，他的诗文往往墨迹还未干，就已经在各个教坊中传唱开来。风光正盛的状元爷自然少不了红粉佳人的爱慕，然而他总是自视甚高，从未将儿女之事置于心底。

但在长安城的一个教坊中，小玉一曲《江南曲》如同天籁般吹进了李益心底，他内心深处的一泓清泉上陡然泛起涟漪。才子佳人，花好月圆，这一段缘分在所有人看来都是上天刻意的安排。只是，欢愉之时，时光总是格外吝啬。不久之后，李益就被派遣到外地为官，在上任之前，他决定先回陇西故乡祭祖探亲，他答应小玉，只要一切安排妥当，便回来迎娶她。

他信誓旦旦，情比金坚，却万万没有想到，他的父母已经在家乡为他定好了一门亲事。对方是出身豪门的大家闺秀，这又岂是风尘女子霍小玉能够相比的。就这样，李益在家乡与温柔贤淑的卢家小姐结为连理。虽然久居教坊的小玉看惯了人情冷暖，也听倦了痴情女子负心汉的故事，但她仍是守着他留下的誓言静静地站在原地，却怎么也等不来那个曾经给过她山盟海誓的人。

小玉终究不若《风雨》中的女子幸运，她用唱一首歌的时间与李益相爱，却用一生的时间等李益归来。想必李益在与卢家小姐成亲之后，心中亦是时时想着小玉的，只是他没有勇气放下眼前拥有的一切，去追逐一个风尘女子，纵然这个女子爱他胜过生命。

情爱之事从不如世人想象得那般简单，不是相知相爱便可以相守，浪漫不过是其表面罢了，唯有历经切肤之痛，在人生的岔路口做过艰难选择，有着典当青春年华只求与爱人相伴的华丽冒险，方才懂得爱情的真谛。守约，是两个人的事情——我愿意等你，而你知晓归来。

《庄子·盗跖》便记载了一个誓死守约的故事。名为尾生的男子与一个貌美的姑娘缱绻相爱，俩人便约定在韩城外的桥梁相会。黄昏时分，夕阳西沉，尾生提前到桥上等候。前一刻还是云霞漫天，瞬间便天地换颜，猛然下起滂沱大雨。痴情的尾生毫无退却之意，他誓死要等到已然扎根于他心间的姑娘。然而，这份缱绻深情非但未能让风雨停息，反倒是山洪暴发，大水裹挟着泥

沙席卷而来，不消几时便淹没了桥面。在避无可避时，尾生抱着一根桥柱死去。

满身风雨来践约，虽未能在弥留之际，见到那个想了千万遍的女子，然而一切都已明了——誓言重如生命，爱情已成永恒。

《风雨》中的那个男子知晓等待是多么辛苦，即便全身湿透，亦要千里迢迢赶来与心仪女子相会，为自己更为她做出交代，这番情意如何不让天地山河为之动容。

倘若心中的相思是一条苦恼的河，我们是否有耐心等待那个渡河相守的人？而风雪雨霜都只能算是一种考验，考验他是否会不顾一切地穿越，结果也只有两个：来，或者不来。"既见君子，云胡不喜"，要是来了，那会是怎样的惊喜。

只为尝爱情之欢——《郑风·将仲子》

将仲子兮，无逾我里，无折我树杞。
岂敢爱之？畏我父母。仲可怀也，父母之言，亦可畏也。
将仲子兮，无逾我墙，无折我树桑。
岂敢爱之？畏我诸兄。仲可怀也，诸兄之言，亦可畏也。
将仲子兮，无逾我园，无折我树檀。
岂敢爱之？畏人之多言。仲可怀也，人之多言，亦可畏也。

世间的事，从来都是得失对半。收获了满眼明朗和煦的阳光，便要双手奉还清凉皎洁的月华。欲要拥抱缠绵悱恻的爱情，便要承担宿命中无端的哀伤与悲恸。也唯有如此，世间才不至于失衡。《郑风·将仲子》中，痴情男子爱上了一个貌美的女子，他知晓若要与她约会，须得冒着可能摔伤、可能被女子父母兄弟发现而辱骂毒打的危险，但他仍义无反顾地爬上女孩家的墙头。

尽管《周礼·地官·媒氏》中规定："中春之月，令会男女，于是时也，奔者不禁。"然而，一过"中春"这个时间，再私自交往便要受到处罚。《孟子·滕文公下》中就说："不待父母之命，媒妁之言，钻穴隙相窥，逾墙相从，则父母国人皆贱之。"

但是爱情却不会因为时间的限制而停止，反而会因为禁忌而显得越发躁动，正如王实甫在《西厢记》中所描述的张生与崔莺莺未结成连理时，在暗夜中幽会时的感受一般。崔莺莺在园中与红娘嬉闹时，那顾盼生辉的一颦一笑都被要上京赶考的张生看在眼里。幸然他写得几笔好诗，她也有些笔墨纸砚上的功夫，又有聪明伶俐的红娘搭桥，早已春潮涌动的二人，便躲过崔老夫人的耳目，悄悄在月亮缄默无语的夜里，频频私会。

红帐内的缱绻之情，笔墨自然不便细细描述，但莺莺脸上的红晕，张生眼中的欣喜，便让后人懂了七分。想必张生高中状元归来，风风光光迎娶崔莺莺后，二人再相拥而眠时，再也找不到最初偷食禁果时那份带着巨大震颤的欢悦。

诗中的"仲"即是"二哥哥"的意思，若叫得亲切些，便是"我的小二哥哥"，带着几分嗔怪，又有几分亲昵。这般看来在墙内焦急阻止的女子，并不比这个有些野蛮的男子用情浅。

男子抑制不住内心正熊熊燃烧着的爱情火焰，又慎于迂腐的古礼，只得偷偷爬上围墙，因此便有了《将仲子》这一幕：男孩立在少女家的墙头之上，少女站在墙下对她的野蛮恋人进行阻拦。

在爱情中，欢愉总是与忧伤毗邻，那些丰饶的暖意与那些蚀骨的寒彻，好似是彼此的倒影，相随相伴，祝英台与梁山伯不正是如此吗？唐人张读《宣室志》曾载，祝英台本是一名女子，却因爱笔墨之香，便伪装成男子到杭州尼山游学。其间，与同来求学的男子梁山伯交好。梁山伯风华正茂，且学业极佳，英台自然将他放进了心底。后因家中有事，英台先回。两年之后，梁山伯去英台家拜访时，方知她是女子，不禁惊喜万分，因他亦是爱着她的。

然而，古时婚姻讲求门当户对，祝英台不过是一介小女子，

纵然心中情爱深切似海，终究拗不过父亲而别嫁马文才，梁山伯也悒郁而终。在英台出嫁那一日，经过他的坟冢时，天色大变，风雨大作，山崩地裂，只见她从容地从花轿中走出，墓为她开启，她纵身跃进墓中，毫不迟疑。爱的残缺，往往始于无法熄灭的深情，终于父母与礼教的阻拦。

关于少女对站在墙头上男子的那番规劝，历来便有诸多不同的观点与注解。《毛诗序》认为此诗是"刺庄公"之作，郑樵《诗辨妄》认为此诗是"淫奔之诗"。或许这在当时看来，合情合理，但放在当下，我们只是看到女子这番焦急的劝阻，既不哀怨也不缠绵，更不壮烈，只是在反复吟唱着一种人言可畏的无奈。相爱虽说是两个人的事情，但奔走于人群之中，怎能如一株莲花那般，清澈如初，不染丝毫尘埃？即便是俩人携手奔到天涯海角，也难免会在路上迷失双眼。

纵然女子心中有汹涌爱意，终究抵不过周遭的闲言碎语。故而，她不停地说着："我的小二哥呀，你着实让我牵挂，但父母

兄长的叱骂、邻居的谗毁也实在让人担忧啊。"在这繁华世间，人们总想一晌贪欢，然而其中的重重规则，又让人心生厌倦。

男子听到这番话时，定然是垂头丧气，好一个"良辰美景奈何天"，女子竟是这般狠心将他委婉地拒绝在墙头之外。但细细掂量女孩的温言软语，这番推拒和劝阻未尝不是一种绝妙的暗示。

我的小二哥啊，你要留点儿神，不要随便翻越我家的门户，我种的那株杞树你可以当梯子爬下来，可千万不要折断了露了馅，要是父母发现可不得了。

我的小二哥啊，你要留点儿神，不要随便翻越我家围墙，我种的那株桑树你也可以当梯子溜下来，可千万不要折断了露了馅，要是我哥哥发现可不得了。

我的小二哥啊，你要留点儿神，不要随便翻越我家菜园，我种的那株檀树你可以当梯子滑下来，可千万不要折断了露了馅，要是邻居们发现可不得了……

这不正是一张完整的爱情路线图吗？男子有三条路线可接近女子，一尝爱情之欢。如若墙头上的男子未能明晓女孩的暗示，无功而返，便真辜负了她的良苦用心。恋爱中的女孩又想爱又有所顾忌的心情，以及男孩为了爱不顾一切的"野蛮"，在《将仲子》中淋漓展现，好似一幕古代版的青春偶像剧，惹出人心底的温柔情怀，将爱情的原始淳朴显现在世人面前，丝毫感觉不到淫秽，反而觉得至美。难怪孔子说："《诗》三百，一言以蔽之，曰'思无邪'。"

卷四　烟火红尘结伴行

当那些上古女子在桑田间采摘嫩绿的桑叶，歌唱幸福的时候，你是否能从中听到温婉的感动？当那些男子从田间归来，夕阳下拥抱妻儿的时候，你是否能从中看到美丽的誓言并未远离？

之子于归，宜室宜家——《周南·桃夭》

> 桃之夭夭，灼灼其华。之子于归，宜其室家。
>
> 桃之夭夭，有蕡其实。之子于归，宜其家室。
>
> 桃之夭夭，其叶蓁蓁。之子于归，宜其家人。

"桃之夭夭，灼灼其华"。未读其诗，先闻其句。河岸边，一树一树的桃花盛开，犹如翩跹的精灵降临，仿如少女明媚的模样。人世间，又有一对新人成家，这般喜庆的事情，难免会让人怦然心动。

许多爱情诗歌都充满惆然惆怅，薄命红颜一般，但是《桃夭》的欢快喜庆却让人不由自主地受到感染。或许，每一个女子都憧憬着自己成为新娘子的那一刻，在桃花盛开的季节里，在浪漫无比的时刻，和最深爱的人享受一生的美满幸福，携子之手，与子偕老。

"一梳梳到尾，二梳儿孙满堂，三梳举案齐眉……"孩子们的歌声不时响起，落在院子里正开得热闹的桃花上。闺房内，新娘子正搽着桃花胭脂，心如在森林中迷路的小鹿，怦怦乱跳。鲜艳的头巾盖上了，迎亲的轿子准备好了，女子终于要嫁给日思夜想的心上人了。

"桃之夭夭，灼灼其华"，这恐怕是最使人陶醉的意象了。《诗经》中向来用词质朴淡雅，而《桃夭》以妖娆明艳的姿态绽放在书页间，好似在雅致素淡的旗袍上，多添抹了一笔嫣红，实在让人惊叹。

用鲜艳至极的桃花，比喻少女的美丽，实在是再生动不过了。读罢此句，任谁的眼前，都会不自觉地浮现出一个如桃花般艳丽动人的女子形象。尤其是"灼灼"二字，真给人以照眼欲明的感觉。所以，这虽然是一首祝贺年轻姑娘出嫁的诗歌，但通篇都未提及新娘的美貌与动人，却比任何描述，都更加能够深入人心。写过《诗经通论》的清代学者姚际恒说，此诗"开千古词赋咏美人之祖"，并非过当的称誉。

面对着一个将要出嫁的幸福女子，他们仿佛看到了满树恣意盛放的桃花，故而这"夭夭"桃花便成了最为绮丽、最为贵重的嫁妆。他们为已然打扮整齐，专心等待郎君来迎娶的女子，献上真挚美好的祝愿，希望她家庭和睦。

在春天复苏的时候，桃花开了，美得灼人眼眸，芳香四溢，花蕊之中深藏着未来的桃实。无论是初生的桃花，还是日后结出的果实，桃其实就像一个女子，豆蔻年华，秀发被撩起来挽于头顶，婀娜的身影有了诱人的魅力，嫩白的脸颊也闪耀起动人的光泽。这样夺人心魄的美，自然应当为了她最爱的那个人绽放。

在诗词、戏文中看过太多因父母干涉而错失真爱的悲剧。《孔雀东南飞》中的焦仲卿与刘兰芝，南朝时的风尘女子苏小小与豪门贵族阮郁，宋代时以诗闻名的陆游与温柔贤惠的表妹唐婉，莫不如此。然而《桃夭》中德貌双绝的女子竟是这般幸运，她在最美的时候出嫁，让那个要娶她的男子不惜翻山越岭，不惧迢迢前路，把自己的命运同她牵系在一起，两人自此执手相拥，再不辜负这灼灼的青春韶华。这是对美的交代，更是对美的颂扬，自始至终都带着庄严华妙的神圣感。

自此之后，两个年轻得只能用青春来形容的生命，便在众人的簇拥下、锣鼓的喧闹声中踏入了一个全新、亦是未知的阶段。这一刻，没有恐惧，没有犹疑，相互期待，相亲相爱。两个似鲜艳桃花般的生命也开始相交、繁衍。即便岁月渐渐逝去，他们的后代延续着他们的青春，生命依然美艳如枝上桃花。

然而，古时女子出嫁并非如此简单。据《礼记·昏义》记载，女子出嫁前三个月，须在宗室进行一次教育："教以妇德、妇言、妇容、妇功。教成祭之，牲用鱼，芼之以蘋藻，所以成妇顺也。"而后便择吉日，使女子出嫁。日子自然是在桃花盛开之时，那摇曳多姿的桃枝之上，桃花似新娘的脸，鲜嫩、青春、妖娆。甚至闭上眼，依稀可见"绿叶成阴子满枝"的幸福日子。

彼时的人们葛布粗裳，手心皴裂如沙砾，却创造出最朴素最简单的美好，桃花自此便成了女子脸上的笑靥，成了后世文人骚客笔墨间的宠儿。

东汉时，两个采药人刘晨、阮肇入天台山采药，不幸迷路，

却在桃花盛开的桃溪，遇到两位如履青云、衣衫翩跹的仙女，与之缱绻相爱。东晋时，王献之对爱妾桃叶甚为钟情，为其赋诗《桃叶歌》："桃叶复桃叶，渡江不用楫。但渡无所苦，我自迎接汝。"曹雪芹塑造的林黛玉，最让人倾心又最让人伤怀，她亦曾手持花锄，泪雨纷飞，轻轻吟道："桃花帘外开仍旧，帘中人比桃花瘦。花解怜人花也愁，隔帘消息风吹透。"

历代的书页中都有一枝桃花，在春风中摇曳摆动，只是在漫长而细密得如同针脚的岁月里，它们都失却了《桃夭》最初那份纯净的幸福与清明的祝愿。

《孟子·滕文公》中有言："丈夫生而愿为之有室，女子生而愿为之有家。"三千年前的婚姻的确是一道最亮丽的风景，看上去如图画一般美好。

一世欢颜，只为一人绽放。她不一定有倾国倾城色，但在爱情的滋润下，她是真正美丽的，只有枝头鲜艳的桃花堪比。当这桩美满的婚姻瓜熟蒂落之后，女子带着美好的祝福开始新的生活。从此以后，她将成为贤妻，成为慈母，好比从鲜艳的桃花变作成熟的桃子，"绿叶成阴子满枝"，不管岁月如何流逝，生命也依然在绽放。

今夕何夕，见此良人——《唐风·绸缪》

古老的《诗经》皆是质朴之语，但却深藏着极致之美。相遇、相识、相恋、相契、相守，甚至以后的相背、相离，都可吟诵成诗。爱情的每一个步骤都能拿来歌颂，而最亮的色彩，莫过于双方结为连理时。《唐风·绸缪》这般吟咏他们的婚姻："今夕何夕，见此良人？"

绸缪束薪，三星在天。今夕何夕，见此良人？子兮子兮，如此良人何？

绸缪束刍，三星在隅。今夕何夕，见此邂逅？子兮子兮，如此邂逅何？

绸缪束楚，三星在户。今夕何夕，见此粲者？子兮子兮，如此粲者何？

春秋时，婚礼都是在傍晚举行，这边日照将残，那边三两小星已然闪烁，新郎与新娘就是在这样缱绻柔和、如幻如梦的光景下初次相见。

从前的旧式婚姻都是父母之命，媒妁之言，即将成为夫妻的二人在红盖头掀起之前是不得见面的。所以红盖头掀起后的命运究竟如何，是个令人忐忑的未知数。这未知曾经造就了多少不幸的命运，然而《绸缪》中的男女显然是幸运的，故而才会唱出这曲欢歌，让看到的人、听到的人都对生命中这种不期的遇合有了美好的期待。

"今夕何夕，见此良人？"在良辰好景的新婚之夜，逢着美丽的意中人，像是一个妙不可言、喜不自胜的意外，教人高兴得简直不知怎样才好。无怪乎扬之水在《诗经别裁》里将"今夕何夕"四字解说得极美："四个字藏却所有的事与情，只好说它是晶莹剔透。它的晶莹使人看见一切的映象，它的剔透又使这映象曲折于千转百回之中。"

今夕何夕，就在这一刻忘却时间吧，且不论它春夏秋冬，清晨、午后、傍晚还是子夜，因与日思夜想之人会面，便觉时光慷慨如斯。

元好问在《摸鱼儿》中写道："问世间、情是何物，直教生死相许。"爱情总是如此玄妙，世人总是不懂爱情来临之时，为何自己会茫茫然不知所措，会因爱而生，为爱而死，甚至会因爱而忘却时间。不仅仅《绸缪》中刚刚结成佳偶之人会问"今夕何夕"，春秋之时的越国亦有为爱而忘记此时是何时的故事。

那一日，楚国的鄂君子皙访问越国，归去时须经过流经两国的一条河。船上，子皙站于船头，清风吹起他的衣袍，拂过他刚毅的面容，划船的越国女子将这一切看进眼里，刻进心里，她知晓他是高高在上的国王，而她只是一个划船女，他们之间如若有爱情，也定会横亘着无法蹚过的河，无法越过的山。然而，他在不经意间，悄悄回望了她一眼，只这一个回眸，让她忘了手中的桨，忘了天上风月，更忘了时间，故而她对着他用越语唱起了歌。子皙不懂越语，但他听懂了她欲要掩藏却纷纷泄露的深情，便让人翻译成了汉语：

今夕何夕兮，搴舟中流。

今日何日兮，得与王子同舟。

蒙羞被好兮，不訾诟耻。

心几烦而不绝兮，得知王子。

山有木兮木有枝，心悦君兮君不知。

那位泛舟的越女，她用他不懂的语言唱出只有她自己才懂的心情，一曲毕，即永恒。

传说中，子皙让人将越女的歌译出，便知晓了越女的心意。他拿起一床锦缎制的棉被披在她身上，并将她带回了楚国。或许这只是"愿天下有情的人都成了眷属"使然，或是真是如此，而这一切都似乎不重要。得与不得，对于那个越国女子来说，在唱出"今夕何夕兮"时，便已得到了最丰饶的爱情。

《绸缪》中的女子，反反复复问着今夕是何夕，口吻中有羞赧，有惊喜，更有对命运的感恩。并不是每个女子，在被掀开盖头之时，眼前出现的都是震颤心灵的意中人，更多的时候，她们要在婚礼之夜，接受爱情凋零的宿命，甚至更会生出此生无望之感。在此后的漫长岁月里，抱着认命的态度，与内心隔了千层山万丈水之人，挨过这一生。

南宋才女朱淑真"嫁为市井民妻"，丈夫不通文墨，两个人少有沟通，她一只脚刚迈进婚姻的门槛，就懂得了何为绝望，最终"不得志殁"。关于这段遇人不淑的感情，她写下一首《愁怀》："鸥鹭鸳鸯作一池，须知羽翼不相宜。东君不与花为主，何似休生连理枝。"说得坦率，也说得决绝。

故而，当《绸缪》中的女子看到郎君那俊俏的面容、深情的眼神时，便情不自禁称他为"良人"，忍不住诚惶诚恐地感谢命运的安排。他们是彼此的幸运，亦是此生的幸运。

　　所谓最美好的相遇，便是这般不期而会。不知何时何地，以何种方式，遇见冥冥中早已注定的那个人。纵使你游荡在千山万水间，那人定也会款款走入你的视线。你要做的只是绽放最为美丽的微笑，紧紧拉住他的手。

素手青条，红妆白日——《周南·葛覃》

"葛"本是一种甚为常见的植物，无论一马平川的原野，还是婉曲陡峭的山涧，皆可生长。平原之上的"葛"亦叫"麻"，青碧如染，在大地上静静蔓延，构成一派参差错落的景致。攀缘缠绕的葛藤，经过细致的编织处理，可制作出质量上乘的衣服——夏布。

每当风静静吹起之时，大把的阳光便和茂盛的叶片一起追逐嬉戏，窸窸窣窣碎响不断，构成山林间最为美妙的音乐。既然清风已翻开这泛着墨香的书页，我们不妨就暂时沉醉在这动听的音乐中，以蔓延的葛藤作为桥梁，顺着它攀缘到两千年前，来聆听这首关于劳作的歌：

> 葛之覃兮，施于中谷，维叶萋萋。
> 黄鸟于飞，集于灌木，其鸣喈喈。
> 葛之覃兮，施于中谷，维叶莫莫。
> 是刈是濩，为絺为绤，服之无斁。
> 言告师氏，言告言归。薄污我私，
> 薄浣我衣。害浣害否，归宁父母。

有景，有物，绿的是叶，葛藤叶子蜿蜒伸展；黄的是鸟，调皮的黄雀在山谷间飞来飞去，处处留下它们欢快的唧啾声，和树叶的窸窣碎响和鸣，怎不是一派自然好风光？在柔长的葛藤间依稀可见有着健康红润的脸庞的采葛女子，荆钗布裙，一路欢喜走来。

她为什么如此快乐？也许她太熟悉这块山野，阳光、藤叶、小鸟，都似自己的亲人；也许是她觉得自由，在家待着不舒服，而此刻如出笼的鸟儿，回归山野，怡然自乐；也许，她陷入了快乐的往事中，自幼时起，她便跟随母亲进山采葛。那时的山野也是这般苍翠，对着远方喊一声，山川回应过来便是声声稚嫩的童真，趣味十足。

她在劳作中欢喜而自在："葛之覃兮，施于中谷，维叶莫莫。是刈是濩，为絺为绤，服之无斁。"

轻声读这段诗，不禁想起余冠英老先生的释义，觉得没有比这更清澈而又让人动心了：葛藤枝叶长又长，嫩绿叶子多又壮。收割水煮活儿忙，细布粗布分两样，做成新衣常年穿。

《毛诗序》中认为此诗是为赞美后妃美德而作，后妃出嫁之前曾"志在于女功之事，躬俭节用，服浣濯之衣，尊敬师傅"，以此达到教化目的。我们更愿意相信诗中这位欢乐劳作的女子不过是一介质朴素淡的民间女子，与后妃生活在不同的世界里。

世人都向往锦衣玉食的生活，认为金碧辉煌的宫殿，自是高枕无忧，却不知晓，高高的宫墙，困住了多少女子渴望飞翔的心灵。如若命运再给她们一次选择的机会，想必多半人都愿意走出衣食无忧的后宫，回到遥远的故乡，在林间或是河畔，筑一座篱笆小院，读几页诗书，植几株花草，听几声鸟鸣，就这般在清明静好中渐渐老去，纵然平淡了些，但未尝不是一种安然的幸福。

如若再在恰好的年华遇见一个倾心人，便是上苍莫大的眷顾

了。这个人无须满腹才华，无须英俊潇洒，他或许只是一个普通
的男子，但有一双宽厚的手掌，一颗温存善感的心，懂得将枯燥
乏味的生活装饰得有情调。市井烟火中的幸福，不是雾里看花、
水中望月的朦胧，而是能触碰、能感知的真实与生动。

　　《诗经》中这个劳作的女子，定然是在静谧的民间，过着
闲淡的生活。尽管此处贫瘠，但心灵从不感觉到荒芜。她如此平
凡，所嫁的男子也如此普通，但生活的趣味却丰饶至极。担水劈
柴，男耕女织，日子简单，他们始终在用朴素和单纯，开垦生命
中最丰美的田园。

　　女子劳作并不稀奇，《诗经》中的劳作处处可见，劳作与
风雅相结合才是风景。先秦之时，没有那么多的苦楚，没有不堪
重负的生活压力，她也就如山间鸟儿一样自在，展示着自己的快
乐。因此在我们看来，她就是山间那一道最美的风景，甚至比四
季风华更有韵味。

　　《葛覃》是田野劳作的民女之歌，民女在山野林间歌唱跳
舞，散发着胭脂水粉取代不了的清新之气。普通的葛藤越发青葱

繁茂，处处飞翔的小鸟越发活泼可爱。勤劳的女子们挥舞着镰刀收割着葛藤，嘴中不停息地唱出欢快的歌曲，和黄雀的鸣叫、树叶的摩挲声汇成一片，葛藤在风中婆娑起舞，她们"在藤叶间"若隐若现。远古女子愉快劳作，便成了山间最明媚生动的一幅画卷。

在《葛覃》中，葛藤便是女子的缠绵柔情，葛叶便是女子的清丽容颜，黄雀的歌唱便是女子的纯真与欢乐。她们割来葛藤浸沤多日，剥下葛麻织成葛布做成新裳，从不觉得辛劳，也从未埋怨。日子就这般在田间流逝，生命也渐渐丰满。在这个好似桃花源的世界里，生活不知是因为简单而欢乐，还是因为快乐而简单。或许简单与欢乐，才是这片土地上特有的风景。

华丽的生活，固然引人向往，但那些朴素的日子，不必矫饰，不必做作，本就是一首清澈明净的诗。南朝民歌《采桑度》这般描绘采桑的场景："蚕生春三月，春桑正含绿。女儿采春桑，歌吹当春曲。"诗中并未道明采桑的地点，或许那是一个种满龙眼果树的山坡，一片绿条柔柔的桑林，还有一块初生甘蔗的田亩，旁边是一条弯弯曲曲的小路……

在此处，春风绿了大地，太阳暖了心房，女子们开始忙着采摘桑叶，喂养家中的蚕宝宝。野地和山间被一片片绿油油的桑林覆盖，着红衣的少女在绿叶间如一只舞动的蝴蝶，小鸟儿陪着她唱起了春日的欢歌。谁敢说朴素的采桑少女不是最美丽的女子呢，就连盛唐的李白都不惜笔墨为她们写下"素手青条上，红妆白日鲜"的妙句。

还有那个款款走入陌上采桑的秦氏罗敷，让耕者忘其犁，锄者忘其锄，只为盼得美人一顾，就连那位高权重的太守，也忍不住停马踟蹰，兀自轻薄起来。她那倾城容颜自然赢得众人青睐，但她又怎肯做一只易碎的花瓶。当她背着箩筐娴熟地采桑时，好似那片田垄都为之震颤，天地忽得便明亮起来。这般辛勤的女子，怎会不招人喜欢。

欢喜自在的女子，或许没有摄人心魂的容颜，但从骨子里散发出来的美，早已让人为之倾心。生活本就是简单的，即便没有绸缎般的光彩与华美，却是最为柔软坚韧、贴心舒适、悠远绵长。在劳作中，陶冶出的是自然平和、恬淡悠然的心态，是知足常乐、乐天安命的满足感与幸福感。

千年过去，一切仿佛尘埃落定，记忆也好似山谷的回声，越来越遥远。《葛覃》则如一个温存的不曾醒来的梦境，梦中劳作的女子，在葛藤间为这种简单而醇美的生活歌唱，歌声欣悦而欢愉，久久不息。

采采芣苢，纯净欢喜——《周南·芣苢》

车前子，生长在荒芜的山野，自枯自荣，默默承受着生命的繁华与凋零。在万物复苏的春日，它便开出淡黄色细碎的小花，布满整个穗头。在苍凉的秋日，小花逐渐凋零后，颗颗细小的谷子便结满整个穗秆。它只不过是一种长满郊野的普通植物，名字并不雅致，故而未曾给人留下多少浮想联翩的余地。然而在古老的歌谣里，它却陡然间有了跳荡的生命力，在一群人的采摘和歌唱中，沾染了自然纯净的欢喜。

在歌谣里，它被称作"芣苢"，有着优雅温润的发音，唇齿轻轻摩擦碰撞，便唤出了它的名字。原来最简单的劳作，一旦赋予了诗意，便是美的。

> 采采芣苢，薄言采之。
>
> 采采芣苢，薄言有之。
>
> 采采芣苢，薄言掇之。
>
> 采采芣苢，薄言捋之。
>
> 采采芣苢，薄言袺之。
>
> 采采芣苢，薄言襭之。

《诗经》中"采"之后，定然有时间、场景、人物、心情，《采薇》《采绿》《采菽》莫不如此。而这首诗，却只是一字一句细细描摹了采芣苢时的情状，却从未给人枯燥之感。一章之中只是更换几个字，亦未有偷懒之疑，反倒极易让人想象出女子采茉苢时在田间来回流动穿梭的情景。

它讲述的并非一个完整的故事，但将"采之""有之""掇之""捋之""袺之""襭之"，连缀起来，稍加想象便好似从字里行间看到了那幅动人的画面：田家妇女，三三五五，于平原

旷野、风和日丽中，群歌互答，余音袅袅，若远若近，忽断忽续——不知是多么美好而沁人心脾的景致。在川原上欢快雀跃地采着茉苢的嫩苗，唱着"采采茉苢"的歌儿，就像在庆贺春暖的到来，又似乎只是于春光融融的情境中感受轻松收获的喜悦。这样的喜悦在咏唱中自然流淌着，虽与繁华奢侈的享乐毫不相干，却是人人心中都向往的纯粹快乐。

汉代民歌《江南》亦是这般："江南可采莲，莲叶何田田！鱼戏莲叶间，鱼戏莲叶东，鱼戏莲叶西，鱼戏莲叶南，鱼戏莲叶北。"这首诗没有描写采莲女的劳动、生活的情态，以及她们对纯洁爱情的追求，但谁能否认其中蕴含的动感呢？江南的碧水莲塘，一艘小舟荡漾在绿荷间，莲叶十分茂盛。莲丛里扑棱作响，透过澄澈的水可以看见，原来是几条鱼儿在莲叶底嬉戏。采莲人一边忙着劳作一边享受着美景，任由脚下的舟自行去留。

把劳作当成乐趣的一部分，绝非多数人能做到的。先秦之时，生产力低下，自然灾害又频发，人们常常无力阻挡。但在这般艰难之中，亦有着可以轻易获得的欢喜。生存虽是艰难的事情，但因心灵放松，总能体悟到欢愉的真谛——身心与自然同步。在采摘果实的过程中，体验劳动的快乐，并在自己的歌声里，听到远古的神秘，让身心与大自然融合在一起，由心而生出一种亲切感与归属感，如此才算让生活沁入了清新的泥土味，才让简单的劳作有了诗意。

世人置身于自然之中，该是最放松的时刻。那时，尘世的烦恼远去，在旷野里，清风与流水和鸣，日光与植物舞蹈，人们的眼中充满动人的绿意。也唯有此时，才会觉得自己与自然融合在了一起。劳动的歌声划过嫩绿的叶片，落进了微风的臂弯，人们能够寻觅到的便是从心里满溢出来的一种纯净的欢喜。

越是简单，快乐也越自然，如同《周南·芣苢》中展示的一般，人们有着纯粹安然的愿望。轻声吟唱着旋律简单的歌谣，把车前子从枝头采撷下来，用粗布衣裳把它们兜回去，此外，再没有别的欲望。这种生活是如此清明静好，让人忍不住沉醉其中。

> 采了又采车前子，采呀快去采了来。
>
> 采了又采车前子，采呀快快采起来。
>
> 采了又采车前子，一枝一枝拾起来。
>
> 采了又采车前子，一把一把捋下来。
>
> 采了又采车前子，提着衣襟兜起来。
>
> 采了又采车前子，别好衣襟兜回来。

此前，诗三百皆可配乐歌唱，如若《芣苢》配了乐，旋律定然如在山间流淌的小溪，清澈、澄莹；又或者如在池塘中摇曳的水仙花，轻盈、柔微。无怪乎周朝的采诗官正风尘仆仆地行走在大街小巷中，听闻这首清新爽利而又不拖沓的劳作之歌，会猛然停下脚步，转身走入田垅，一边采摘芣苢，一边聆听这从肺腑间唱出来的自然之歌。

时光鞭打着年华，那极为简单却不失美好的旋律，早已留在了过去悠长的岁月中，如今剩下的唯有单薄的歌词。这难免会让人惆怅，但当人们翻开书页，一遍遍吟诵这首诗时，依然会从它不断转换的章节中，读到藏匿其中的参差错落的韵律。

生活中总有一些难以摆脱的诱惑，有一些舍不得挣开的物欲，于是人们一再离开淳朴的山野，去繁华喧嚣之地追逐注定会落空的名利，结果往往一无所得，反倒失却了那份最初的快乐。终有一日带着满身伤痕归来时，才懂得，最简单的生活里，蕴藏着最深的寓意；最纯粹的快乐中，饱含着最干净的梦想。

人生华丽也好，黯然也罢，在生命逝去之时，一切都会烟消云散。世间万千风景，好似深秋时那一场落叶纷飞，待风定云散时，春时芳华便不留一丝痕迹。只是世人无法看破这个光怪陆离的人间，故而汲汲奔走，生怕落于旁人之后。倾尽一生的力量，留恋尘世间的每一缕阳光，每一粒尘埃，待到上苍将人们得到的一一收回，世人方才知晓这不过是一场空洞的梦。梦中繁花似锦，梦外是痛楚、纠缠、倾轧，从不知和睦为何物、欢乐为何事。

这尘世里，有一种最普通的草，叫车前子；先民们有一颗最简单知足的心，为欢喜心。他们的日子虽然辛苦艰难，但确实是满足与快乐的。而这份欢乐于我们而言，得也简单，失也容易。

男耕女织，岁月悠长——《豳风·七月》

先秦时那首古老的歌谣——《七月》，恬淡清澈，描摹细致，就好像初生的禾苗，散发着田园气息，又浸透着惬意温情。

七月流火，九月授衣。一之日觱发，二之日栗烈。无衣无褐，何以卒岁？三之日于耜，四之日举趾。同我妇子，馌彼南亩。田畯至喜。

七月流火，九月授衣。春日载阳，有鸣仓庚。女执懿筐，遵彼微行，爰求柔桑。春日迟迟，采蘩祁祁。女心伤悲，殆及公子同归。

七月流火，八月萑苇。蚕月条桑，取彼斧斨。以伐远扬，猗彼女桑。七月鸣鵙，八月载绩。载玄载黄，我朱孔阳，为公子裳。

七月火星向西落，到了十一二月的时候就会寒风彻骨，妇女在九月的时候便缝制冬衣。如若没有足够御寒的衣裳，又如何能抵御这凉彻的冬日呢？而冬天一过，便要开始修理农具，准备二月的下地耕种，吃饭的时候，妻儿会把饭送到田边，让田官赶来美食一餐。这便是彼时人们恬淡安宁的生活。

日出而作，日落而息。挎篮子的采桑女在春日的黄鹂婉转啼鸣声中，袅袅婷婷行在小路上，她要去田里采嫩桑叶。看着春天逐渐过去，人们采摘白蒿，姑娘内心一片忧伤，只因马上就要远嫁他乡，成为他人的妻子。

三月的桑枝逐渐被修剪，八月便开始制造麻衣，姑娘就要为她的夫君编织衣裳了。时日渐渐过去，女子心中那绕指柔情，也在落叶纷纷的秋日到来之前，日益深沉如海。

四月秀葽，五月鸣蜩。八月其获，十月陨萚。一之日于貉，取彼狐狸，为公子裘。二之日其同，载缵武功。言私其豵，献豜于公。

五月斯螽动股，六月莎鸡振羽。七月在野，八月在宇，九月在户，十月蟋蟀入我床下。穹窒熏鼠，塞向墐户。嗟我妇子，曰为改岁，入此室处。

六月食郁及薁，七月亨葵及菽。八月剥枣，十月获稻。为此春酒，以介眉寿。七月食瓜，八月断壶，九月叔苴，采荼薪樗，食我农夫。

当四月开始结籽，五月知了声声时，人们就为八月的收获做着准备。待到十月叶子飘零，十一月就上山打猎，猎取动物的皮毛来送给贵人取暖。到十二月之时，猎人们依然忙于操练，猎取猎物。如若猎到小猪就留下自己享用，如果是大猪就要献给王公。

五月蚱蜢开始骚动，六月纺织娘飞舞，葡萄和李子都熟了，蟋蟀在七月便随处可见，而人们则是忙着煮葵花籽，在八月之时开始打红枣。

"七月在野，八月在宇，九月在户，十月蟋蟀入我床下。"可谓是神来之笔，宋玉《九辩》中"独申旦而不寐兮，哀蟋蟀之宵征"，正是化用了此句。时令就这般随着蟋蟀的转移而有了变迁，虽不明言，却让人深切地感觉到时光的流逝。

劳作的人们，依然忙着收割稻谷，酿造美酒。年年皆是如此，人们辛辛苦苦劳作一年，只是为了令主人高兴，保自己平安，所有的好食物都供奉给主人，自己则是采摘野菜，砍伐木柴，住进破旧的房屋内暂求安稳。

《七月》是一幅男耕女织时代的风俗画。三月里女孩子带着漂亮的篮子，采桑叶养蚕，六月吃葡萄，七月煮葵菜，八月打枣、收稻谷，九月打谷场，十月便飘满酒香。十一月、十二月农活结束了，男人开始去打猎。深夜归来，趁着农闲收拾好房屋，抵御夜晚的风霜。来年开春之时，一切又要重新开始。

九月筑场圃，十月纳禾稼。黍稷重穋，禾麻菽麦。嗟我农夫，我稼既同，上入执宫功。昼尔于茅，宵尔索绹。亟其乘屋，其始播百谷。

二之日凿冰冲冲，三之日纳于凌阴。四之日其蚤，献羔祭韭。九月肃霜，十月涤场。朋酒斯飨，曰杀羔羊。跻彼公堂，称彼兕觥，万寿无疆！

农夫辛辛苦苦地白日忙完庄稼，夜晚又要搓麻绳，在一年的最后时刻忙祭祀的种种活动，献上先前冷冻在冰窖里的韭菜和羊羔，分发美酒给宾客，与众人一起举杯为主人祝福，高呼万寿无疆。

《七月》源于豳地的民间歌谣。它整齐而又散漫，看似无序却又有序。它好似一个有着白发胡须的老者在讲述人们年复一年的劳作。男耕女织的社会里，人们总是在琐碎的劳作中，默默承受着生存的艰辛。面朝黄土背朝天的日子，定然是艰苦而枯燥的，定然有着诸多不幸与苦难，但当这一切都被写进纸页，配上音乐，轻声唱出来时，那些酸涩、悲伤、枯燥，却随着时令和季节的变换，转化成了生活的乐趣与希望。

卷五

黯然销魂唯离愁

在离别面前，世人好似不断辗转的流云。曾经梦里魂牵的回眸，今日却在渐行渐远中淡出视线。到底要多久才能从回忆中醒来？是否忘却比相守更为艰难？

此地一别，生死两茫茫——《周南·汝坟》

江淹在《别赋》中说："黯然销魂者，唯别而已矣。"

短短一句，可谓说尽了离别之哀痛。翻开古典诗词，关于离愁别恨的哀诉总是格外多，只因在那古老的年代里，世事无常，身不由己，舟船难抵，音信难通，一次生离也许就是永恒的死别。

离别最让人伤怀之处不是分离本身，而是分离之后独自挨过的漫长而辛苦的时光，更是那遥遥不可期的再见之日。只恐生离即死别，在《周南·汝坟》中，或许才能真正懂得这句话的意味。

先秦太远，后人已经很难想象汝河旁那条长长的堤岸的模样，但却能从中读出那种离别的伤感——堤岸上，没有耳鬓厮磨朝夕相处的缠绵，只有独力承担家庭重负的艰苦辛酸、思念的深深煎熬、相见时短暂的欣慰，以及转瞬间又要分开的痛苦：王朝多事之秋，男子又怎能恋家？

> 遵彼汝坟，伐其条枚。未见君子，惄如调饥。
> 遵彼汝坟，伐其条肄。既见君子，不我遐弃。
> 鲂鱼赪尾，王室如燬。虽则如燬，父母孔迩！

西周末年，战祸不断，万千黎民生活在水深火热之中。《小雅·雨无正》有云："周宗既灭，靡所止戾。正大夫离居，莫知我勋。"所谓"兴,百姓苦;亡,百姓苦"即是这般,在这个混沌的时代,君王早已失却扭转乾坤的雄心,诸侯自是汲汲于自保,唯有百姓无法挣脱泥沼,且在其中越陷越深。

纵然无法力挽狂澜,众多的壮年男丁还是被迫参战征伐。于是,夕阳时分的河堤之上,就时常会有那些伫立遥望的女性,盼望着自己的丈夫能够早日归来。然而她们并不知晓丈夫何时才能归来,彼此的离别与其说是"生离",莫若说是"死别"。即便多半男儿都有一个侠客梦,欲要在战场上一展雄心,可当他们真正站在了唯有杀戮、不胜即死的沙场上,能毫无牵挂一拼生死的人,又有几何?况且千里跋涉,道路崎岖,水土不服,风餐露宿,春寒秋冻,或许还未能杀上战场,便已疾病缠身,抛骨异乡的可能性当真是高之又高。

这般景象又何尝不是汉代民歌《战城南》中描绘的场景:"水深激激,蒲苇冥冥。枭骑战斗死,驽马徘徊鸣。"所有的镜头,皆触目荒凉,视角里所见的,都是死亡。东汉末年的征战令千万征兵入伍的战士或是不能归家,或是战死沙场。他们不但要面对敌人的残酷进攻,更要面临没有军粮、没有食物供给的恐慌。土地没有人种植,田园没有人耕收,连禾黍都不能收获,谈何保家卫国?

男子在外漂泊,自然是痛楚难当,但难过的远不止他一人,还有在河畔日夜张望的妻子。战争总是如此残酷而悲伤。

那个在高高的汝河大堤上凄楚徘徊的女子,一边手执斧头砍伐山楸的枝干和枝条,一边深切盼望着那久未见面的丈夫,早日归来。归来,在这个早已是家国残破的乱世,就如同一场终究会

醒来的美梦。她也清楚地知晓，自丈夫跨马而去、转身离开时，再相逢就已遥遥无期。等他再次出现，就成了她生活中的信仰，也是她此生唯一的支撑。

缘来时相守，缘尽时分散，聚散各有定数，总是无法强求。纵然心中百般祈祷，仍无法删改生命中既定的情节与命数，这不免会让人失望，但在人生的拐角处，亦有不期然的乍喜，等着与虔诚的世人相遇。已不知看了几场落叶纷飞，赏了几度柳绿花红，在丈夫走后，面对春秋换颜，四季轮回，她默然不觉，无动于衷。

但在河畔汲水之时，猛然抬头的瞬间，那个在心中默念了千万次的人，就这般不设防地闯入她渐渐混浊的双眸。上苍对她终究是仁慈的，此前所受的思念的煎熬、寂寞的吞噬、生活的窘迫，都在他归来的那一刻，化为乌有。

　　在战乱的时代，今日相聚，或许明日便隔了千山万水。故而妻子在真真切切被丈夫揽入怀里时，纵然满心欢喜，却仍觉心有戚戚。她恳求他不要再抛下她离去，而他能做的唯有将她抱得更紧，而不发一语。即便他对她许下朝暮相伴的誓约，可残酷的战争又怎会成全他们梦幻般的奢望。

　　或许第二日，他又会接到号令，因王事征伐而离开。相逢终究如镜花水月，好似真切拥有，却注定要落空。

　　苍茫世间，明明给了人们栖身的处所，却一次次上演分离的戏码，让世人的心从来漂泊无依。本以为到了盛世，便是黎民安乐，不再受分袂之苦。然而，聚散从不分时代，有人烟之地便有难舍难分的分袂。

　　男子为国征战，穿上铠甲便一去无回。天地悠悠，偌大的世界，唯剩下挥手后沉重的脚步声。

佳人已逝，却从未离开——《邶风·绿衣》

有一种永远无法弥补的缺憾，那便是斯人已逝，而情难以堪。死亡，意味着永远消失，也意味着再无从触及。活着的人们总于无意间认为一切还来得及。可是，走得太快的总是时光和生命。

佳人已逝，而记忆却不依不饶地追随。她曾戴过的玉钗，用过的玉梳，照过的铜镜，穿过的薄裳，好似一个个被施了魔法的诅咒，时时刻刻提醒着留下的人，什么是物是人非。《绿衣》中的男子，看到那件她曾穿过的绿衣时，才真切感觉到他们已是天上人间，再不能相见。瞬时难以承受，捧着绿衣泣不成声。

> 绿兮衣兮，绿衣黄里。心之忧矣，曷维其已！
> 绿兮衣兮，绿衣黄裳。心之忧矣，曷维其亡！
> 绿兮丝兮，女所治兮。我思古人，俾无訧兮！
> 缔兮绤兮，凄其以风。我思古人，实获我心！

泪光里，那细细密密错落有致的针脚依然如昔，心中的忧伤也无过去之日。遗忘是一件让人很无助的事情，凭你怎么努力也毫无用处，只要睁开眼看到她所在时所涉及之物，就会发现自己竭尽力气的忘却是多么苍白无力。

爱情，从来都不是想忘便能忘记的事。某人一旦深入脑海，沁入骨髓，做再多的挣扎都是徒劳。更何况她是那么一个贤良淑德的女子。绿衣黄裳、枕边教诲，让日后的他体暖行正，他怎能真正忘掉。

　　"绿兮衣兮"，只说了"绿衣"一物，用了两个"兮"字断开，好似有千言万语要说，却未着一语便热泪先流，只得在悲痛中哽咽着倾诉心中的思念。绿衣裳啊绿衣裳，绿面黄里依旧闪着光彩。心忧伤啊心忧伤，哪一天才能够忘怀。绿衣裳啊绿衣裳，绿衣黄裳依然染着你的芳香。愁肠百转心千结，何时才能忘掉这忧伤。绿丝线啊绿丝线，千丝万缕是你亲手缝制的啊，忘不掉那去世的爱妻，唯有你才能使我无忧。细葛布啊粗葛布，这些都叫我感到凄凉，怀念我去世的妻子啊，只有你才懂得我的衷肠！

　　在《绿衣》中，那个刚刚从深深的悲痛中摆脱出来的男子，看到故去之人所缝制的衣物，往昔那些明媚的风景便如胶片显影般，又逐渐清晰起来，一幕幕在眼前回放。他曾与她手挽手走在郊野踏青，情意缱绻似蜜。他们也曾在青青的河畔，捕捉偶然翩跹而过的彩蝶，采撷一朵开得正盛的无名花。但这些欢愉往事，在如今看来就好似一记毒辣的耳光，不偏不倚地甩

在了脸上，顿时脸上除却燃烧起来的灼热感，还有微微的眩晕感。有那么一瞬间，他被耳光震蒙了大脑，觉得妻子仍在身侧。而当他看到眼前那件已然落了尘埃的绿衣，方才知道今生今世再也难觅芳踪。

世人都说时间是治愈心灵的良药，但谁能保证痊愈的伤痛，不会再泛滥。当人们以为过往的快乐与痛苦都已被打包，封存在了往日，可当熟悉之物再闪现于眼眸时，做到平淡如水的人，又有几何？

爱情如梦一场，一梦一生。逝去的人，早已安息，而留下的人终究还要迈着蹒跚的步子，一脚高一脚低地走下去。日后，俩人虽再无交集，但思念长长久久永远不停息。

人们总是不懂珍惜的含义，待懂得时，人往往已然逝去，于是我们都成了怀旧之人。

李商隐生命中至爱的女子撒手人寰后，他再无力爱上其他女子，唯有把余下的生命交付给追忆——这诚然是一种绝望的追求，但谁又能否认这是他对爱情最后的守候。冰冷的玉枕、空空的簟席，无时无刻不在提醒佳人再难寻。他为逝去的妻子写下："春蚕到死丝方尽，蜡炬成灰泪始干。"真爱与生命同在，生命不竭，思念便不枯。

若是从未得到，便不会经历失去的悲哀，所以得而复失往往更令人痛彻心扉。物是人非，这一词语未经细细思量，便仅仅是一个简单的符号，倘若身临其境，亲身去体会那一种在熟悉的场景中对往日美好的徒然追念，便会明了那究竟是怎样刻骨铭心的悲伤与惆怅。自此以后，余生的光阴，唯有拥着回忆取暖。

世人常说："人生，得一知己足矣。"有知己的人生才完整。而如今懂自己的妻子已然故去，又怎能不痛哭流涕？

　　无论是藤蔓缠绕树枝，还是野草覆满大地，但凡爱人离去，便是再好的月色，也是无人能赏。

　　有人说，只要愿意耐心地等待，便会再次相逢。或许，天翻地覆之时，沧海桑田之日，有情人会再相见。但恐怕待到彼时，岁月已把彼此容颜更改，让俩人相见不相识。这种浸入骨髓的痛楚，苏轼是体会过的。他这样悼念自己的发妻："十年生死两茫茫，不思量，自难忘。千里孤坟，无处话凄凉。纵使相逢应不识，尘满面，鬓如霜。"他与妻子之间隔着茫茫生死和遥远的时空，想要触及却无法触及。原来，世间失去的悲哀，竟是这样让人无可奈何。

　　想来爱情最好的结局，或许不是相伴相守，因为再好的相守也逃不过死别。归有光与妻子结为连理后，生活平淡而和谐。当他在书房翻阅书籍时，她便在一旁或问几句书中古事，或写几笔清秀洁雅的诗词。两人相坐一端，心有愉悦、欢喜，任凭时光静静游走。只是命运只赐予了他们六年的相伴时光，而后便是妻子香消玉殒。在妻子去世后，他对着院中那棵枇杷树写下这样的字句："庭有枇杷树，吾妻死之年所手植也，今已亭亭如盖矣。"物存人亡，你去我在。树在生长，我在思念，繁茂如伞的枝叶，便是刻在时光里的追念，妻子的音容笑貌在心里早已长成郁郁葱葱的风景，这比时光还要长久的缅怀，怎不让人感叹？

　　一样都是死别，以及死别之后的无法忘却。这些悼亡的诗歌，无不从《绿衣》中脱胎而来，只因它触动了世人内心深处最为脆弱的一环。《绿衣》这首男子双手捧着亡妻亲手缝制的衣裳吟唱出的歌谣，带着潘岳的"帏屏无仿佛，翰墨有余迹。流芳未及歇，遗挂犹在壁"，带着元稹的"衣裳已施行看尽，针线犹存未忍开"，带着贺铸的"梧桐半死清霜后，头白鸳鸯失伴飞"，一起陷入悲痛之中。他们都饱含着自己深深的怀念悼念之情，诉说着不能言传的痛楚。如若黄泉之下的女子听到这样的诗句，想必也会感受到幸福。

生不能把握，死不能挽回，漫长人生的这两端委实让人无可奈何。生死如同一条河流，相爱之人站在它的两岸，相望相忆，不相聚，但幸好，内心最富饶的地方、最柔软的地方总会留给故去的爱人。

无奈放手，唯泣涕如雨——《邶风·燕燕》

燕燕于飞，差池其羽。之子于归，远送于野。瞻望弗及，泣涕如雨。

燕燕于飞，颉之颃之。之子于归，远于将之。瞻望弗及，伫立以泣。

燕燕于飞，下上其音。之子于归，远送于南。瞻望弗及，实劳我心。

仲氏任只，其心塞渊。终温且惠，淑慎其身。先君之思，以勖寡人。

文学里总少不了离歌别赋：一个个遭际坎坷、情意深重的才子才女，用手中的笔，写下无数催人泣下、哀伤如诉的离愁别恨。历代离歌别赋，大抵如此，定要将心浸泡在苦汁泪海里千遍万遍，方才吟得出离愁之万一。

最早抒写离情的《诗经·燕燕》，只用"瞻望弗及，泣涕如雨"八字，便写出伤情无限。许顗赞之"可以泣鬼神"，王士祯评之"万古送别之祖"。诗中不见长亭话别，不见涕泗横流，不见难舍难分的剪影。我们所能看到的，不过是渐行渐远的路途风景，那沉默相别的人儿，无须说再见，也无须说出任何带有期望的话。因为，他们早已心知，此生断然难以再见。

情至深处，痛不能言。

在这首诗里，千年前的别离被凝住。分别的愁绪是那样沉重，重得令时光都无法背负。真正的生离死别就好像一出优雅而绝望的哑剧，舞台上的人无须言语，台下的观众早已看入心中，泪水长流。

《燕燕》将离别演绎得淋漓尽致。至于到底是谁与谁诀别，自古以来争议颇多。《毛诗序》《诗经原始》皆认为其是卫庄姜送归妾。庄姜为卫庄公之妻，虽有美貌却始终无子，庄公之妾戴妫生下儿子完，庄姜视完为己出，甚为疼爱。庄公去世之后，完继承王位，却在一场叛乱中不幸遇害。戴妫自此便无依无靠，继而不容于卫国，只得在群臣的非议中，凄楚地离开。古人有"妇人送迎不出门"之常礼，但庄姜因与戴妫交好，情同姊妹，顾不得此礼节，便送了戴妫一程又一程。此种释义固然有可取之处，然而《燕燕》一诗缠绵悱恻，在如今看来，不似送妾之情，倒像情人相送。

送别诗词，不胜枚举，而唯有《燕燕》一首，从未让人感到艳俗，而能在极为淡雅的风韵中倾诉灼热的惜别之情，让人沉浸在美好而忧伤的情境中，满目心酸地看着男女主人公在温暖的春日里，心灰意懒地分离。

《燕燕》不属于大悲的作品，也不是闷声不语的作品，它犹如蜻蜓点水的忧伤，在燕燕愉悦的飞翔中，洒落了一空，落入泥土中，瞬间长出了哀婉的花朵，芬芳中带着隐隐的伤。全诗四章，前三章渲染惜别情境，最后一章深情回忆被送者的美德。"燕燕于飞，差池其羽""颉之颃之""下上其音"，阳春三月，燕燕双飞，本是欢快团聚的景象，却被用于送别诗的起始。

凡事最怕比较，以生对死，以乐对悲，以聚对分。本觉得还不是很紧要的悲事，刹那间就忧伤满地。

这种透明如水的心境，犹如午夜梦回的窗外繁星，隐隐约约闪耀着微亮的光芒。或许这一生，就是这样在不经意间爱上一个人，而后再用一生去等待与守候这份只发生过一瞬间的爱情。

掩卷之后，脑海中总是反复演绎着这般画面：旷野之上，春日盎然，春鸟齐飞，乐队人马奏响着欢快的音乐要送新娘去别国成亲。无论怎样看，这都是一幅愉悦的场景。可偏偏，这场景中的二人，默然不语，无法开怀。彼此都知道，此后一别，便是无法回来相见。所以，"远于将之""远送于南"，相送一程又一程，就是舍不得将"再见"二字说出口。

晏几道有一名句："落花人独立，微雨燕双飞。"暮春细雨，眉间染着轻愁的女子步出重帏，却见春残花事了。柔丽黄昏中，她倚着花廊，落花静静划着孤单的弧线落下，和余晖一起流淌在她身侧，隔绝了尘世，那么孤寂。细雨中传来燕声呢喃。

晏几道文字工丽婉艳，那痴痴苦情、哀哀思绪流转唇齿间时，好似能牵动前世心事。这一句词，每一字每一景都浸着儿女情深，当得千古佳句的美名。凡是熟读经典之人都知晓，这一"千古不能有二"之词，当是从《燕燕》中"燕燕于飞，差池其羽"中脱胎而来。晏词固然哀感顽艳，但若与送别诗鼻祖相比较，终究显得淡薄了些。正如陈继揆在《读风臆补》中所说："'燕燕'二语，深婉可诵，后人多许咏燕诗，无有能及者。"

既然此生已矣，相见无期，又何必徒惹相思，倒不如在挥手之后便相忘。只是谁会甘愿喝下那一碗孟婆汤，让过去的美好烟消云散，只留下一个空洞的躯壳。燕子成双成对，而原地却独留他一人，守候着渐渐黯淡的回忆，度过孤独残生，这怎能不让人悲伤。

在红尘深处，任谁都不会逃过那场情劫。命运的手掌翻手为云、覆手为雨，缘分来时，世人恨不得秉烛夜游，要与爱人分享每一个瞬间。缘分尽时，尽管有诸多不舍，也只得看着彼此越走越远。挽留，从来都是徒劳，不过是让人徒增伤悲罢了。

唐玄宗与杨玉环又何尝不是如此。他是贵为九五之尊的帝王，却甘愿为她俯首，三千宠爱集于一身；她"回眸一笑百媚生，六宫粉黛无颜色"，却情愿为他画地为牢。白居易为他们赋词："在天愿作比翼鸟，在地愿为连理枝。"只是这爱情如人行走在刀锋上，稍不注意便会失了性命。唐玄宗许了杨贵妃三生三世的荣华与宠幸，却也在家国混乱之际将她赐死。

爱之深，情之切又如何呢？在分袂之时，不过是那个人在心底扎根，痛楚也便在骨血中永存。

或许在离别之后，遗忘是给予彼此最好的纪念。如若遗忘是那么简单的事情，那么牛郎织女千万年来，也不会年年七夕，相聚鹊桥之上，银河迢迢，时空远隔，却始终也割不断这份情；如果遗忘是那么简单的事情，而今的我们，也就没有了这份星河之上美丽的爱情童话，更不会在翻开《燕燕》后，内心深处陡然生出巨大的疼痛。

离别之后为谁着红妆——《卫风·伯兮》

古代夫妻离别，一个闺中独守，思念期盼；一个远在天边，死生不知。在断了联系的时空中，他们用炽热真挚的情感演绎一个又一个执着而悲伤的恋歌。张先在《千秋岁》中写道："天不老，情难绝。心似双丝网，中有千千结。"黄景仁在《绮怀》中有云："似此星辰非昨夜，为谁风露立中宵。"时空场景都在变换，主角也日日不同，但相同的故事、相似的感情却一遍一遍重复上演。

《卫风·伯兮》讲述的亦是一个夫妻话别的故事。

> 伯兮朅兮，邦之桀兮。伯也执殳，为王前驱。
>
> 自伯之东，首如飞蓬。岂无膏沐？谁适为容？
>
> 其雨其雨，杲杲出日。愿言思伯，甘心首疾。
>
> 焉得谖草？言树之背。愿言思伯。使我心痗。

我的大哥，你真是我们邦国最魁梧英勇的壮士，手持长殳，做了大王的前锋。

自从你随着东征的队伍离家，我的头发散乱如飞蓬，更没有心思搽脂抹粉——我打扮好了给谁看啊？

天要下雨就下雨，可偏偏又出了太阳，事与愿违不去管，我只心甘情愿想你想得头疼。

哪儿去找忘忧草，能够消除掉记忆的痛苦，把它种在屋旁。

一心想着我的大哥，使我心伤使我痛。

月有圆缺天有阴晴，离合带来的悲欢大概都躲不开一个"情"字。两颗心已被深情紧紧绑在一起，如今被迫离散皆由战争而起。即便他们曾在花前月下，执手相约，今生除非死别，绝不生离，然而王命已下，违背即会招来杀身之祸。故而，他唯有收拾行李，一步一步地走出妻子的视线。在途中他纵有千思万绪也不敢回首，只是随着大队人马，不住地催打马匹，想尽快逃离这离别的伤心地。昨日的举案齐眉、琴瑟相和，在他转身离去之时，便全都化作脉脉伤心。

而留下来的妻子，却始终站在原地。丈夫的身影渐渐消逝在天边，却在她心里越来越清晰。自此之后，初春的柳绿、深秋的枫林、檐间的燕子、庭院的落花，便再也与她无关。她在日与夜的交替中，有着不间断的孤独与惶恐，与此同在的还有那掺和着爱与怨的思念。

《诗经》中不乏离别诗，而唯有《伯兮》中"自伯之东，首如飞蓬"这句最为简练，也最为形象，深切道出了离别之后，女子深切的痛楚：自从丈夫出征了之后，女子的头发就如飞蓬一样乱糟糟，并不是她没有胭脂水粉去搽抹，没有充裕时间去打理，只是懒得去收拾罢了。即使打理得漂漂亮亮的，又给谁看呢？他不在身边，"谁适为容"！

《战国策》中有云："士为知己者死，女为悦己者容。"彼时侠士之风盛行，士子可以为赏识自己的人付出生命，女子也只为喜爱自己的人修饰妆容。杜甫在《新婚别》中写道："自嗟贫家女，久致罗襦裳。罗襦不复施，对君洗红妆。"她只为丈夫对镜帖花黄、理红妆、画眼眉，但这只为取悦郎君的容颜，在无人欣赏时，也就如花般慢慢凋零了。

温庭筠笔下的女子，是深切地体会过这般滋味的。"懒拂鸳鸯枕，休缝翡翠裙。罗帐罢炉熏。近来心更切，为思君。"她此前精心打扮，只为在最为恰当的时候等待一个人出现，让自己在最美的年华里，看到爱情如春日繁花那般绚烂。如她所愿，她等来了那个叩开她心扉的男子，只是短暂的相聚，终究换来了比思念更为长久的别离。

玲珑精致的鸳鸯枕上积满了灰尘，她却再不像从前，精心地擦拭。"悦己者"已不在身边，纵使打扮得再妩媚鲜艳也无人欣赏，故而她索性懒作妆容，更无心思去缝裙绣衫。昔日闺中蜜意柔情，都似眼下虚掩的罗帐、冷去的熏炉，空空荡荡又冷冷清清。一日复一日的好光阴，在寂寞的等待中无聊耗去。

韶光本就匆匆，年华易逝的沉重已让人难以背负，再加上离人迟迟不归，她便如一株得不到雨露浇灌的花朵，兀自在岁月中渐渐老去。而这一切都是因心上人远离，独留她一人牵肠挂肚而起。

爱美素来是女子的天性，然而这美多半不是取悦自己，而是将它当成谋爱的利器。涂抹殷红胭脂，描画远山眉，点染樱桃朱唇，这是一个女子对爱人表达爱意的最为直接，也最为深情的方式。白居易在《长相思》中写道："深画眉，浅画眉。蝉鬓鬅鬙云满衣，阳台行雨回。"这黛眉是再涂深一点更好看，还是就这样轻浅比较清新脱俗？把眉梢描画得长一些会不会更显妩媚？抑或短一些才灵动可人？她就这样对着镜子比画了许久，不知手中的眉笔该如何描画。谁能说她小心翼翼画眉之时，不是在战战兢兢画情呢？

　　而《伯兮》中这名女子，如今却懒得梳妆，蓬头垢面，心灰意懒地等待，等待驻扎在她心中那个威武健壮的"为王前驱"的夫君归来。只是，思念太过沉重，愁绪太过浓密，使得她觉得每一秒都好似在挣扎。

　　离别有时候就如一把钩，那一瞬间，整个人的心好像被钩子钩碎，更痛心的是斯人已去，她只能抱着那已经随他远去的不再完整的心，默默承受着分离和想念的痛苦煎熬。不仅如此，她甚至还"甘心"忍受这痛，不舍得丢弃，仿佛不如此，就无法留住那个人的痕迹，无法将他烙印在自己的生命里，永不忘记。

　　他途经她的盛放，便停下来，陪她度过一段比油画还要艳丽的锦瑟年华。她以为这便是自己期期慕慕的永远，却不料他终究是个路人，不经意间路过她的家门。当他嗒嗒的马蹄声越来越远时，她才知晓他为她编织的鸳鸯梦，碎了一地。

卷五 黯然销魂唯离愁

晨昏日暮伊人在何处——《陈风·东门之杨》

古老的《诗经》中讲了一个关于相遇的故事。故事发生在陈国都城东门外的杨树林中，这里是男女青年的幽会之地。"月上柳梢头，人约黄昏后。"和心爱的人约好了时间，早早来到东门外等待。

> 东门之杨，其叶牂牂。昏以为期，明星煌煌。
> 东门之杨，其叶肺肺。昏以为期，明星晢晢。

她满心欢喜早早地来到约会之所，天边的流云，清凉的微风，甚至脚下的一株小草，似乎都在等待着他们相逢。她带着几分羞赧，几分兴奋，等待着他出现在丛林中。因为笃定他会赴约，她心中满是欢愉欣悦。爱情是如此简单，世界也骤然变小了，她的世界除了那个俊逸的男子，再也容不下其他。

只是漏沙滴落了大半，从雾霭缭绕的黄昏，直至阒静无声的深夜，从静谧无人的黑夜，再至斗转星移的凌晨，恋人那轻盈的身影，还是未能走进她的视线。原本充满甜蜜感觉的等待，就这般变成了难挨的苦等。

"东门的大白杨树啊，叶儿正发出低音轻唱。约会定好的时间是黄昏，直等到明星东上。东门的大白杨树啊，叶儿正发出轻声叹息。约会定好的时间是黄昏，直等到明星灿烂。"他们在春光最盛之时相逢，便如烟花璀璨划过寂静夜空，虽是绚烂缤纷，终究要泯灭无踪。而落霞纷染，天光暗淡之前，这一场相逢终落得离散的结局。

不是所有的美好相遇都能抵达一个安稳静好的未来，否则纳兰容若何须说"人生若只如初见"。人的一生能在对的时间里遇到对的人，换来一个美满的终局，自然是人人向往的。然而，这般境况多半如水中之月，摇摇晃晃，却如何也打捞不起那份可以拥在怀里的美好。

苦等的终局或许就是永生永世的错过。有些人，一旦错过就不再拥有。谁都想与爱人有个好的结局，唐代诗人崔护错失深爱的姑娘，徒留下一首《游城南》，诗云："去年今日此门中，人面桃花相映红。人面不知何处去，桃花依旧笑春风。"其实他想做《柳毅传》中的痴情人柳毅，在遇见洞庭龙女之后，慷慨允诺，毅然受命，最后有情人终成眷属，恩爱到千年，而不是徒留感叹。只是这般美好的结尾，多半是后人加之的绮丽念想。

相遇，是一件不必急于求成的事。相逢自是欢喜，别离也必会带来哀愁。晏殊写道："此情拼作，千尺游丝，惹住朝云。"他盼望心中那无尽的不舍可化作千尺游丝，挽留住那一抹倩影，多诉一分相思，可诉说再多又能如何？那场绚烂相遇终究会在岁月中化为一缕秋风，寻不到踪影。

一直以来，很多人都坚信诗中在杨树下徘徊等待的该是个女子。因为只有心中涨满春潮的女子，才会放下那份矜持，甘愿为心爱之人低到尘埃中，在静谧的深林中独自守着那场终究会落空的爱情约定。即便是高傲聪慧如张爱玲，在狭窄的路口邂逅胡兰成时，亦是为其低眉垂首。

她原是想先深入尘埃，而后在明朗春日开出花朵来，可她的愿望终将落空。胡兰成在给她的婚书中写道："愿使岁月静好，现世安稳。"如今看来，这一句誓言，竟成了最疼痛的伤疤。再美的花也经不起风雨，经不起如水的时光。

女子好似生来即是为了漫长的等待，在爱情未到之时，满心期待爱情走近；在爱情到来之后，又因与心仪之人分离，而等待对方归来。于是，她们的一生，也就在遗憾中悄然而逝。即便是上苍眷顾，让她们等来意中人，谁又能保证在下一个转角，他们不会再错过。

卷六　当誓言已成往事

如果爱情是一场旷日持久的烟花盛会，那么为何在尘世中流浪了多时，最后受伤的总是女子？这些男人的记忆在被时间的潮水洗刷之后，他们已然忘却，曾经陪伴左右的那个韶华女子。

尘缘从来都如水——《邶风·式微》

执守贞节，从一而终，这是古时男子对女子妇德的要求。可悲的不是男子逼迫无数女子遵从这个要求，以至于让她们遭逢了多么悲惨的命运，而是女子主动住进了这座名为"妇德"的牢笼里，九死不悔。

先秦时期，礼法还未如后世那般严丝合缝，尚给女子留下了几分喘息的空间，若是遇人不淑，见弃于人，尚可回娘家改嫁。可是，当时的卫侯之女嫁给黎国庄公后，分明是得不到宠爱，日子过得郁郁不乐，却不肯听从别人的劝说回国，她只道："终执贞一，不违妇道，以俟君命。"即便得不到君王的爱，也绝不离开。

式微，式微，胡不归？微君之故，胡为乎中露！
式微，式微，胡不归？微君之躬，胡为乎泥中！

关于这首诗的注解，历来众说纷纭。但多半与黎国庄公有关。《毛诗序》言其是黎侯为狄所逐，流亡于卫，其臣作此劝他归国。"式微，式微，胡不归？"即是忠贞的臣子，看到天色越来越暗淡，便忍不住惆怅自叹："君主啊君主，天马上就黑了，您为何还未归来？"而另外一些人则认定此篇是被君王冷落的黎庄夫人，在悲伤与痛楚中坚定地等待黎侯的爱情诗歌。

诗意究竟如何，想必唯有诗人自己知晓。如若真要探索出究竟，做出结论，想必多数人愿意将其看作第二种解释。因为有情流淌于其中，总能轻易打动读者，黎庄夫人那一片痴心，总是让人在感动之余，为之黯然神伤。

她等待着君王的回心转意，就像身处泥淖之中，仰望晴空，卑微地乞求一丝温暖的阳光。《式微》或许是这名忠贞女子为明志而作的诗，彼时日光已经衰微，她的等待已趋绝望，君主却仍耽溺于别人的怀抱，不曾回到她身边。

男女相悦，靠的是缘分，黎庄夫人不得宠，可能真的是她和黎庄公之间没有缘分。掩卷细想，在一个偌大的后宫里，妃嫔们相互之间为了掠夺君王之爱，成日里争风吃醋。黎庄夫人在那锦衣玉食的金銮殿中，没有朋友相伴，没有爱侣跟随，恐怕内心早已是荒草丛生，寂寥得很了。

既是如此，为何黎庄夫人还不肯离开呢？离开这里，就算没有更好的生活，也不会更坏吧。可是，女人有时奇怪得很，明明是守着一潭死水，偏偏就是不放手。在黎庄夫人的记忆里，黎庄公是她这一生第一个，也是唯一一个男人，她为了他，甘愿守住这难耐的寂寞，只等他回过头来，依然能够看到自己如花的笑颜。

多么执着，然而又多么不值得。那个曾经对她许下撼天动地诺言的男子，早已拥别人入怀。她却把整颗心掏空，在奢华至极却冷彻如寒冬的宫室中，等待着他转过身来，再次将她捧在手心里。她是这般痴，又是这般傻，可如她一般在等待中挨度时日的女子，何其多。

想必汉武帝时期的阿娇，最是懂得黎庄夫人的心情。据《汉武故事》记载，阿娇是武帝姑姑馆陶长公主之女。武帝幼时，长公主抱帝于膝上问他："儿欲得妇否？"武帝回答说："欲得。"又指自己的女儿说："阿娇好否？"武帝回答："若得阿娇，当以金屋贮之。"两小无猜，青梅竹马，他们的感情自小便妖娆繁艳。此后，汉武帝即位，在锣鼓喧天的好节日里迎娶阿娇，果真为她筑起了金屋。

然而凡事大多以旖旎开始，以凄惶结束。自卫子夫入宫时起，阿娇的地位便急转直下，渐渐受到冷落。转眼工夫，她便从皇后的宝座上跌落下来，被打入长门宫，想来阿娇在金屋享受隆恩盛宠时，定然是不会想到雨露枯竭、金屋崩塌的。爱情也就这般成为死灰，再无复燃之日。

此时她大可请求归宁，在家中，过着安稳的日子，纵然无聊了些，萧索了些，总也好过在水深火热的后宫，度日如年。但她却仍做着那个"金屋"之梦，笃定终有一日他会再次看到貌美如花的她。于是，她托母亲千金求得司马相如的一篇《长门赋》。诗中字字句句皆是深情，点点滴滴化作相思泪。遗憾的是，"脉脉此情谁诉？"她终究未能等到汉武帝回首。

或许有人说，黎庄夫人之所以仍旧等在原地，并非因了情深，而是为了两国安稳。如若得不到宠爱便满脸悲伤地回到自己的国家，黎庄公自然心生不悦，两国也必会因此中断来往。因此，她宁愿牺牲一己的幸福，换来两国黎民的安定。

然而细细想来，这不过是黎庄夫人冠冕堂皇的借口罢了。当初的承诺要靠两个人来完成，背弃却是一人便能完成的事情，许她三生三世荣华富贵与缠绵宠爱的人已经转身离去，而她如今就在苦海中耐心相候。正因为情深，便无论如何也不愿意相信这便是最终的结果，于是搜肠刮肚，苦思冥想，寻一个安然等待的借口。这既是给他找一个正大光明的理由，亦给自己寻一点安慰。

她在寂寞中忍受着彷徨与孤独，然而如若君心似我心，想来她定然愿意独自担起这相思的重负，等他转身的那一刻。爱情，本就会让人心甘情愿地沦陷，毫无理由，亦毫无分寸。黎庄夫人在寂寥的宫闱中日复一日地等待，直到容颜渐渐苍老，直到沧海化成桑田，他还是没能掀起她宫室的珠帘，与她像往常那般四目相对。

若遭遇情感的不幸，一声叹息之后，转身离开便可，挥别了伤害，也落得潇洒。别人的看法并不重要，重要的是，你的幸福是否还能够由你自己来把握。只是，谁能够在那时对着黎庄夫人道出这玄机，让她也能够真心地为自己的幸福活一次？

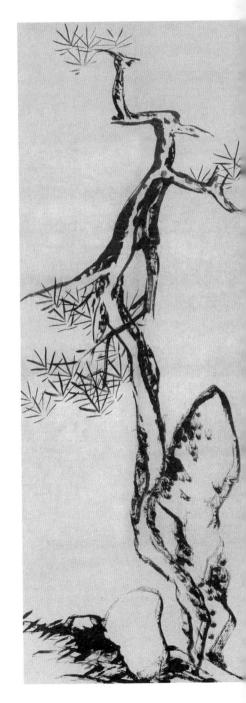

倾城女子几多愁——《卫风·硕人》

西施浣纱，鱼儿惊其艳丽，沉入水底。

昭君抚琴，飞燕感于曲调幽怨，掉落在地。

貂蝉拜月，顿时明月无光，彩云遮月，仿若不忍露面。

玉环赏花，轻抚花草，岂料花草自惭形秽，羞得抬不起头来。

后人称赞这四人的美貌为"沉鱼落雁，闭月羞花"，但凡论起古代美女，总是要以她们四人马首是瞻。然而在那悠悠的上古和风之中，还有一位女子，风撩过其裙角，水拂过其脚背，她的美犹如雕琢的玉石，剔透玲珑，记录于文字中。

硕人其颀，衣锦褧衣。齐侯之子，卫侯之妻。东宫之妹，邢侯之姨，谭公维私。

手如柔荑，肤如凝脂，领如蝤蛴，齿如瓠犀，螓首蛾眉。巧笑倩兮，美目盼兮。

硕人敖敖，说于农郊。四牡有骄，朱幩镳镳。翟茀以朝。大夫夙退，无使君劳。

河水洋洋，北流活活。施罛濊濊，鳣鲔发发，葭菼揭揭。庶姜孽孽，庶士有朅。

这位女子便是庄姜。

《左传·隐公三年》有云："卫庄公娶于齐，东宫得臣之妹，曰庄姜。美而无子，卫人所为赋《硕人》也。"这篇《硕人》即是围绕庄姜之美所写。

她并非平凡女子，在阡陌红尘中过着市井烟火般的日子。她是齐侯的女儿、卫侯的妻子、齐太子的妹妹、邢侯与谭公的小姨妹，这般尊贵的身份，与古时四大美女相媲美，自然是有过之而无不及。历史上出身名门望族的女子并不在少数，但唯有她能在诗三百中占一席之地，自然是因为那令女子艳羡，令男子钦慕的绝美容颜。

"手如柔荑，肤如凝脂，领如蝤蛴，齿如瓠犀，螓首蛾眉"，也不知先人是如何想出这般灵气十足的语言，只觉得用于形容庄姜的美貌，实在再好不过。在如水的时光中，这些诗句就好似一朵永不凋谢的百合花，穿越几千年依然静静绽放枝头，散发着微微清甜的芳香。墨迹渐渐漫漶不清，而掩卷之时，依然能看到一位美人从诗句中款款走来。

这般描摹，美则美矣，却觉得她不像凡间之女，而似冷冰冰的仙人了。无论是白嫩的手、光滑的肌肤、修美的脖颈、诱人的唇齿，还是丰满的额角和秀美的眉毛，都似放置在高阁中的青花瓷，精美至极，却从不给人以真实之感，反倒让人觉得一触即碎。如若对庄姜的赞美，于此而止，难免让人伤感，就像月宫中的嫦娥那般，让人可望而不可即。

然而，"巧笑倩兮，美目盼兮"八字一出，就好似在转角处不期然邂逅了柳暗花明，又或者黑暗无边的夜里，抬头看见了那颗指引方向的北极星。

一位貌美如花，堪称完人的妖娆女子，固然会让人倾心视之，但她未必会在顷刻之间走进人们的心里，动人心旌。然而，如若她在不经意间有了嫣然一笑，想必这般情态无人可抵挡。庄姜之所以千载之下仍让人难以忘怀，不是她那精致的、毫无挑剔的五官，而是她那漫不经心的含情一瞥，极尽浪漫柔媚的风姿，让人无法戒掉对她的爱宠。

几个世纪之后，曹植做了一境绮丽美梦，梦中有一美人自荐枕席，他自是欢愉不已。待到醒来后，才发现这不过是一枕黄粱，梦中的美人洛神也已飘然而去。曹植怅然若失，回顾梦中情形，如椽大笔一挥便写下《洛神赋》："云髻峨峨，修眉联娟，丹唇外朗，皓齿内鲜。明眸善睐，靥辅承权。"此是曹植梦中的，亦是心中的美貌女子。她顾盼生姿，不施粉黛，天然之态却也是无与伦比。但如今怎么看，都觉得他对美人的描摹与赞美，是由《硕人》脱胎而出。想来有慷慨之气的曹植，定在闲暇之时，读过这篇《硕人》，故而当美人入了他的梦境时，他便照着庄姜的样子写了出来。

六朝画家总结出的创作经验云："传神写照，正在阿堵。"意思即是说，摹写人物时，最关键的地方是人的眼睛，因为眼睛是心灵的窗户，凸显一个人的神采，莫过于凸显其笑靥中的双

眸。当无数静态的比喻在历史长河中逐渐褪色时，"巧笑倩兮，美目盼兮"却仍然能够激活人们的联想和想象，亮丽生动，光景常新。

庄姜如风中摇曳的水仙花，自美自持却不自知。一个顾盼的眼神，一抹含羞的微笑，便足以倾倒众人。追求她的人，自然也不在少数。而在讲求门当户对的古时，依着父母之命，她便蒙上盖头，嫁给了那个有着九五之尊的卫侯。偌大世间，散千金以求美人一笑之人，不胜枚举，更何况庄姜之美，正如毫无缺憾的人间尤物，艳丽绝伦。卫侯得此美妻，自然要隆重相迎。

她的马车停在城郊，她的马匹雄壮有力，不仅仅如此，在那人数众多、声势浩大的陪嫁队伍中，那些男傧女侣，亦是修长俊美，她所带的嫁妆同样华美豪奢。黄河之水浩浩荡荡流入大海，撒网入水的哗哗声震人心弦，鱼尾击水的唰唰声动人心魄，茂盛绵密的芦苇、荻草让人兴奋。这等美人，怎能让她多等待，君主应当及早下朝，前来迎接。

这一切描述，从尊贵的身份，至隆重的出嫁排场，又何尝

不是在或明或暗地衬托庄姜的天生丽质，绝美容颜。只是自古以来，红颜薄命，林黛玉"闲静时如姣花照水，行动处似弱柳扶风"，这般脱俗的美，或许真是此女只应天上有，人间哪得见几回。然而她的一生只为报恩，只为还泪，待泪尽时，生命也便枯竭。

庄姜亦是人间女子，她也未能逃出宿命加之于身的不幸。最初嫁到卫国之后，卫侯自然对她百般宠爱，呵护备至，但因先时有"不孝有三，无后为大"之礼，庄姜婚后一直无子，便逐渐被夫君冷落，不久之后，卫侯便迎娶了比她更为年轻的陈国之女厉妫，而后又娶厉妫之妹戴妫。而貌美的庄姜唯有在每个漫漫长夜，伴着明明灭灭的孤灯，吞噬着寂寞的苦楚滋味。当时成亲的豪华场面博得了众人的艳羡，但无人知晓她是怎样在冷宫中挨过每一寸凄凉的时光。

繁华褪尽时，庄姜唯有写几笔闲诗，打发这静如死水的岁月。或许每当寂寞袭来时，她都情愿生在平凡之家，如寻常女子那般采撷苤苢，赏看春花，与心爱男子自由相爱。只是人生没有如果，时光亦不能倒流，她只能做一个贵族家的女子，离开家乡，嫁到遥远的卫国，过着孤寂的日子。

在先秦那个时代，女人想要在书中留名极为困难，庄姜以才色双绝走进了《诗经》，成为歌咏美人文学作品的千古之祖，能收容这么一位美丽的女子，实是《诗经》的幸运，而能被《诗经》所收容，也是庄姜夫人的幸运。

谁将谁深深辜负——《邶风·谷风》

弃妇诗大抵都是由男子的薄情而来。"颓恩诚已矣，覆水难重荐。"唐太宗时贤妃徐惠的《长门怨》，道尽了后宫佳丽一旦人老珠黄就被冷落的残酷现实。"但见新人笑，那闻旧人哭。"杜甫的弃妇诗言尽了花花公子见异思迁、喜新厌旧的嘴脸。而《邶风·谷风》则是一个女人遭弃后委屈的倾诉，读起来更让人肝肠寸断。

> 习习谷风，以阴以雨。黾勉同心，不宜有怒。
>
> 采葑采菲，无以下体？德音莫违，"及尔同死"。
>
> 行道迟迟，中心有违。不远伊迩，薄送我畿。
>
> 谁谓荼苦，其甘如荠。宴尔新昏，如兄如弟。

与所有相恋故事的开始一样，女子和她的恋人最初也在山谷的大风声中，在漫天的阴雨中相互立下不离不弃的誓言。因彼此相爱，眼眸中满是幸福，彼时的生活再艰难亦是甘之如饴。女子本以为誓言很重，哪能料到比风还轻。

男子境遇好转之后，她从前那如花容颜也渐渐染了岁月的风霜。女子以为自己曾陪伴他走过风风雨雨，历尽世间沧桑，彼此已然融入对方的生命中，今生除非死别，他们再不生离。然而拥有了荣华富贵的夫君却爱上了别人，曾与他同甘共苦的妻子如今反而成了他的负累。这难免让妻子感到无限哀愁。

泾以渭浊，湜湜其沚。宴尔新昏，不我屑以。
毋逝我梁，毋发我笱。我躬不阅，遑恤我后。
就其深矣，方之舟之。就其浅矣，泳之游之。
何有何亡，黾勉求之。凡民有丧，匍匐救之。

当幸福不再时，就连渭河的水也变得混浊不堪。看着丈夫和
别的女人喜结连理，自己只能在一旁苦苦忍耐。然而这还远远不
够，丈夫竟还要对当日的妻子诽谤中伤，不让她去自家的鱼塘，
不让她碰自家的鱼筐，且让她无处可去，丝毫不顾及当日的夫妻
情分。

不我能慉，反以我为仇。既阻我德，贾用不售。
昔育恐育鞫，及尔颠覆。既生既育，比予于毒。
我有旨蓄，亦以御冬。宴尔新昏，以我御穷。
有洸有溃，既诒我肄。不念昔者，伊余来塈。

被抛弃的妻子只能无奈地感叹，纵然当日清贫，却能琴瑟
和鸣，相濡以沫。今日生活稍稍富裕，却不再将其捧在掌心，千
般呵护，万般宠爱，反而将她视为待脱手的货物，急切地想要甩
开。妻子辛苦准备好的食物，只是为了度过物资匮乏的冬季，却
成了丈夫与新人结婚的积蓄。他剥夺了妻子的劳动成果，还对她
恶言恶语，甚至拳脚相加。昔日那份坚定不移的海誓山盟，如今
看来就好似黄粱一梦，醒来一切都成空。

旁人都看得见新人在缱绻柔情中欢歌笑语，却不曾看到旧人

在空寂凉薄的角落里悲伤难抑。这场"谷风"，无论是和缓温煦的暖风，还是强劲凶猛的狂风，都在被赶出家门的女子心底添了一分凄凉与苦楚。"习习谷风，以阴以雨"，前一刻还是明媚净朗的好天气，眨眼的工夫，便毫无征兆地刮起凄风，下起苦雨。如同爱情一般，先前两个人举案齐眉，莫不静好，不消几时，两个人便形同陌路。

班婕妤亦如《谷风》中那个女子一般，本是郎君的手中宝，一不留神，便天地风云忽变，睁开眼时丈夫身边已有新欢。

入宫之初班婕妤便已出落得娉婷有致，如清水般静雅。然而她并非置于高阁的花瓶，琴棋书画她亦是样样精通。这般德貌双绝的女子，自然会在人群中崭露头角，俘获君王心。起初一切都完满至极，汉成帝与她恰如团扇里那朵俏丽的合欢花，开得恣意盎然。她向他献上最美的芳华，他的眼眸中也再看不见他人。

聪慧贤德如她，并未因受宠而嚣张跋扈，不可一世。她深知后宫如海，稍不留神便沉海溺亡。故而处处谨慎，就连汉成帝邀她同辇出游时，她也因此番举动有失礼仪而婉言相拒，此事传到王太后耳中，王太后也不禁赞道："古有樊姬，今有班婕妤。"

然而，自从赵飞燕姊妹入宫之后，一切便起了变化。君王永远喜爱更为年轻、更为绮丽的女子，况且赵飞燕有着倾城的容貌，且有轻盈如燕飞凤舞的翩跹舞姿，自然使天子喜不自禁，通宵达旦，沉湎于温柔乡里不可自拔。而班婕妤只得被弃于一旁，在似乎永远看不到曙光的深夜中辗转反侧，独叹人情凉薄。

"常恐秋节至，凉飚夺炎热。弃捐箧笥中，恩情中道绝。"她提笔写下这般掺杂着悲情与决绝的诗句。君王在新欢中忘了旧爱，徒留她在灯火阑珊处伤怀。

人世间，总是有太多美好的相遇，却延续着悲伤的结局。不知是世人太过寡情，还是情分太过稀薄。班婕妤最终自请前往长信宫侍奉王太后，离开了这场情爱争夺，也挥别了那段如烟花般璀璨的曾经。

班婕妤知晓挽留不过让自己的处境更为难堪，怨恨不过让自己更为伤神，故而她懂得急流勇退，用半生的孤寂换来平静如水的生活。但并非人人都如她那般明智，《谷风》中的女子对弃他而去的男子便近乎哀求，仍在期盼事情还有回旋的余地。这样天真而愚蠢的想法，既使人"哀其不幸"，又教人"怒其不争"。

世间情爱，仿佛都掌握在男子手中。深爱时似海般汹涌，在不爱时比深谷还要死寂。而女子无论是如《谷风》中的女子那般委曲求全，还是如班婕妤那般坚强决绝，都难免被抛弃的宿命。那被阮郁始乱终弃的苏小小，被李益辜负的霍小玉，何尝不是如此？女子为爱而生，却不曾想因一段未得善终的爱情，反而陷入了更深的绝望里。

自从被爱辜负，那漫漫白昼与长夜，再不见对影成双，唯有一个孤单的人，独自唱着爱恨纠缠的曲子。或许有一日他会在某一瞬间念起昨日的情愫，此时想必女人多半会喜极而泣。《谷风》中那个女子是否能让郎君回心转意，后人并不知晓，即便此种事情发生，后人也并不知晓她是决然而去，还是欣然接受。

唐玄宗时的梅妃采萍因杨贵妃受宠，而被君王冷落，待他再次想起那个在角落里以苦楚为食的妃嫔时，便将珍珠赐予她，欲要重拾往昔情爱。梅妃断然谢绝，并作下《谢赐珍珠》一诗："桂叶双眉久不描，残妆和泪污红绡。长门尽日无梳洗，何必珍珠慰寂寥？"并不是女子不愿接受这百转千回的爱情，实在是怕日后再次被抛弃。有些伤痛，尝过一次已足够。

滚滚红尘中，究竟是谁给谁下了爱的蛊，又是谁将谁深深辜负。或许，这永远是个没有答案的谜题，但总是有人甘愿为了未知的结局，赌上自己的花样年华，典当自己的锦瑟时光。

《谷风》中的女子依旧在幽幽怨怨地吟着悲伤的词曲，而这一切都源于当初太爱，如今太痛。

敌不过似水流年——《卫风·氓》

翻开稍稍泛黄的书页，情爱诗词占了大半。只因世间种种，说来说去，皆逃不过一个"情"字。相聚也好，离散也罢，皆因有情存在，是苦是甜总让人难以忘怀。而在这诸多情爱篇幅中，离别的主题又格外醒目。相遇之时，满目锦绣，满心欢喜，而一朝别离，便只剩无限落寞，万千寂寥，故而种种离愁别恨入诗，读来皆是悲情无限。

十九岁的陆游迎娶唐琬时，那个早慧多才、雅善琴曲的女子，如一枝溢满馨香的幽兰，走入了他的梦魂深处，自此再不曾散去。彼时夜阑人静，红袖添香，他只需一抬眼，便可看到她清亮的眼眸，如三千春水，黯淡了明月繁星。然而母命难违，陆游在与唐琬最恩爱之际被迫休妻，其后两相陌路，各自嫁娶。待到多年后，他再次遇见唐琬时，她身畔所站立的，已是她的新任夫婿。

人事无常，发生于日常生活中的故事也往往难有完满结局。"蓦然回首，那人却在，灯火阑珊处。"那般恰到好处的开始，却常常以或是离散，或是背弃画上句号。《卫风·氓》讲述的便是一个女子被郎君抛弃而哀愁悲恸、伤心欲绝的故事。

氓之蚩蚩，抱布贸丝。匪来贸丝，来即我谋。送子涉淇，至于顿丘。匪我愆期，子无良媒。将子无怒，秋以为期。

乘彼垝垣，以望复关。不见复关，泣涕涟涟。既见复关，载笑载言。尔卜尔筮，体无咎言。以尔车来，以我贿迁。

故事的开头，似所有爱情初萌发时一样的甜美，甚至带着些浪漫的气息。男人以买丝为借口接近心仪的女子，用缱绻温情俘获她的芳心。在女子渐渐被他的一片赤诚打动时，他适时地向她吐露了自己深埋于心底的意愿：希望和她结为夫妻。自此之后，两人频频相约于花前月下，或是彼此交换定情之物，或是许下永恒相守的诺言，甚至两个人只是默默执手而不发一言，也觉得时光是如此美妙。

相见时柔情蜜意，相别时难舍难分，彼此都认为遇见对方，是上苍慷慨的恩赐。染着红晕的时光就这般在不知不觉中流逝，转眼已是深秋，两个人终于约定了秋天的婚期。

这是《诗经》中最为常见的青涩爱恋，男女相悦的初恋情愫在《卫风·氓》中展露无遗。女子在长时间等待之后，男子依然不来接她，就在她以为男子变心而"泣涕涟涟"之时，爱人如期而至，于是女子怀着幸福与忐忑坐上了男子的婚车。

新婚过后，爱情的甜美被繁杂的家庭琐事取代，当日的青涩少年也不会再守候于城墙下等待他的心上人。他们虽结为夫妻，却再也没有往昔花前月下的甜蜜。

桑之未落，其叶沃若。于嗟鸠兮，无食桑葚。于嗟女兮，无与士耽。士之耽兮，犹可说也。女之耽兮，不可说也。

桑之落矣，其黄而陨。自我徂尔，三岁食贫。淇水汤汤，渐车帷裳。女也不爽，士贰其行。士也罔极，二三其德。

121

尽管生活渐渐被琐事淹没，他们仍会在庭院的桑树下许下永不分离的誓言，祈求自家枝繁叶茂，多子多孙，幸福美满。女人守着甜如蜜的盟誓，每天为家庭辛苦操劳，即便疲惫至极，亦会感到幸福万分。快乐与否从不取决于财富的多少，即便过着腰缠万贯的奢华生活，如若无人相伴，无人嘘寒问暖，时日一长自然也会生出倦怠之感。纵然这个女子在物质上一无所有，却因心怀世间最为赤诚的爱情，便觉得自己拥有一切。

　　世间女子，向来为爱而生。却偏偏是她耗尽了毕生欢颜，那些繁华只剩了意兴阑珊。许是上苍太过嫉妒这样的美满，故而为她安排了悲伤的结局。这个善持家、贤惠、操劳的女子，无论如何也不会料到，她得到的回报竟是一纸休书。最初，一切都是美好的。她经历过《蒹葭》《静女》《桃夭》中的感情历程，以前的那些甜言蜜语、男欢女爱、花前月下、海誓山盟……似乎历历

在目，而又渐渐远去。

经历过繁华喧嚣的人，对于苍凉的感受总是透骨蚀心，正如紧紧抓住爱情的人，最识得被抛却是何种滋味。起初，他走过十里途程，只为多看她一眼，如今曲终人散时，只剩了寥落的烛光，伴着长夜不寐的弃妇人。她天真地想要将那场不染尘俗的爱恋永远延续，然而缘分尽时，热闹终究要散场。

她知晓挽留不过是徒劳，勉强从来无法获得真情，她决然而去，不再做他掌中的棋子，故而在这场注定无法善终的爱情中，选择华丽转身，决然离去。"反是不思，亦已焉哉"，在三千多年前可以把婚姻之事看得如此清晰透彻的女子，怕在厚厚的一本《诗经》中找不到第二位。

　　三岁为妇，靡室劳矣。夙兴夜寐，靡有朝矣。言既遂矣，至于暴矣。兄弟不知，咥其笑矣。静言思之，躬自悼矣。
　　及尔偕老，老使我怨。淇则有岸，隰则有泮。总角之宴，言笑晏晏。信誓旦旦，不思其反。反是不思，亦已焉哉！

好花不常开，好景难长在。韶华易逝，岁月无情，此时所拥有的不知何时便会被宿命收回。女子终究带着满身伤痕，无言离去。在我们看到的所有童话故事中都曾有过这样一句："自此，王子和公主过上了幸福的生活。"如若这个童话继续下去，又会是什么样子？想必也是如花美眷，抵不过似水流年。

爱情一旦沾染了俗世烟火，便不再是最初的模样。

卷六　当誓言已成往事

123

美人如诗亦如棋——《鄘风·君子偕老》

美人如诗，句句斑斓；美人如酒，口口生香；美人似画，笔笔传神；美人是梦，翩跹云端。

在《鄘风·君子偕老》中，美人犹如从画中走出，她的举止雍容又华贵，服饰明丽又鲜艳，玉簪首饰插满头，好像云中飘下，落入凡尘的仙女，只是这位女子并没有偶遇奇缘，反而是一生蹉跎，到头来物是人非，空留余恨。

> 君子偕老，副笄六珈。委委佗佗，如山如河，象服是宜。
> 子之不淑，云如之何！
> 玼兮玼兮，其之翟也。鬒发如云，不屑髢也。
> 玉之瑱也，象之揥也，扬且之皙也。胡然而天也！胡然而帝也！
> 瑳兮瑳兮，其之展也。蒙彼绉絺，是绁袢也。
> 子之清扬，扬且之颜也。展如之人兮！邦之媛也！

《诗经》中有关美人的诗，自是如沧海之上的浪花一般，簇簇令人惊艳。《蒹葭》中那在水一方，只可远观而不可亵玩焉的伊人，早已夺了世人心魂；《硕人》中那嫣然一笑百媚生、含情顾盼倾全城的庄姜，更是令人心旌摇荡；而这首《君子偕老》中那美似天仙、不似凡间之女的宣姜，亦走进了世人心里、梦中。

她身着明艳如花的服饰，头上插着精致的玉簪与步摇，莲步轻移时，如山般稳重，似河般窈窕。锦衣上一针一线绣有华美的山鸡，稠密乌黑的长发好似乌云，眉目含情，眸底似有流波荡漾。若非上苍造就，怎会如此妩媚，若非神灵安排，如何这般美艳，这人间少有的女子，怎能不让人为之倾心，甚至奉上整座城池也心甘情愿。

然而，谁也无法将手中的绝世容颜交给命运做抵押，去换得一个美满幸福的人生终局。美丽与幸福，从来都站在天平的两端，此消彼长，你看得太重，我就看得轻贱。有着绝对姿容的宣姜，本是要嫁给翩翩少年卫国太子，却阴差阳错嫁给了垂垂老矣的卫宣公。她心中自是千万个不甘不愿，只是宿命如此安排，她一介女子如何抵抗。况且她柔弱的肩上，担起的不只是她自己，还有她背后那个并不强大的国家。

　　或许世间之事向来公平，你拥有了绝世容颜，便要以一生的幸福为代偿。有着沉鱼之姿的西施又何尝不是这般。她本是春秋时越国苎萝人，天生美艳绝伦，不可方物。后逢吴越大战，越国败给吴国。为换得休养生息的时间，越王勾践采纳了谋士范蠡提议的美人计，将西施献给了吴王夫差。她是背负着使命进入吴国宫廷的，自然要使出浑身解数取悦夫差。夫差为西施的美貌与多才倾倒，终于沉溺在温柔乡里不能自拔，歌舞笙箫，芙蓉帐暖，从此荒废国事，日益奢靡。

　　从夫差放勾践回越国开始，吴越之战似乎就已定下了最后的胜负。吴国一败，夫差一死，西施的任务也算完成了。而最终美人被沉江而死，西子捧心的妩媚风情从此再也不见。生时不能还乡，死后也不能归国。花容已去，罗绮成尘，心字成灰。从此芳魂无所牵系，没有依托，只夜夜在姑苏城外徘徊。

　　世人都以为锦衣玉食的生活，是前世修得的福分；倾国倾城的绝世容颜，是上苍慷慨的恩赐。但自始至终人们都未曾问过这些在金碧辉煌的后宫中的女子，过得是否幸福。她们或许生来便是一颗棋子、政治的附带品，替那些贪得无厌的君王，赢取万里疆土。

尽管不遂人愿，生活终究要继续。悲苦与欢愉的界限，有时并不分明。时间悄无声息地流逝，人事也在缄默中渐渐改变。宣姜嫁给卫宣公后，先后生下两子，分别为寿和朔。

她本已无欲无求，只愿在后宫中安稳度过一生。但身在红尘之中，又怎能做到清静无为。况且后宫佳丽三千，她最得君王宠爱，不知何时便会被众多嫔妃冠上个莫须有的罪名，打入冷宫。在这人心险恶的皇宫，向来有母因子贵、子因母荣之说，寿和朔渐渐成为翩翩少年，她身为母亲，自然要凭借受宠之利，劝诱君王重立太子。

卫宣公本是个昏庸的君王，再加上宣姜那情与理兼备、温润与震慑俱有的枕边风，使得她下定决心要宣布重立野心勃勃的朔为太子，日后继承王位。故而，他与宣姜密谋了一个自以为密不透风的暗杀计划：假意派太子出使他国，暗中埋伏下刺客，准备将他杀掉。但世间哪有不透风的墙，这密谋终究被宅心仁厚的寿听到。他忙向太子通风报信，但太子却不肯逃离。为了保全太子，寿故意将其灌醉，自己则扮成使者，被埋伏在河岸边的刺客杀死。而当太子醒来后，知晓寿已然去世，便对刺客承认自己的身份，亦随寿决然而去。

这些事情，发生得太快太突然，以至于宣姜以为这不过是一场噩梦。如若是梦，终究会醒来，只是带着鲜血的事实，却怎样也无法挽回。她本意不过是要扶持自己的儿子登上王位，却阴差阳错地将另一个爱子送入黄泉。她在深不见底的夜中辗转难眠，思绪茫茫，好似没有边缘的天空，如若这是宿命中逃不过的劫难，为何不让她独自一人承受，而要加诸最亲的人身上。然而逝去的生命却从来不会给她答案。

本以为这已经是不幸之至，命运却偏要给她更大的磨难。

在这个混沌不堪的世间，死比生原本容易得多，然而宣姜却只得守着如墨般漆黑的夜色，独自苟活。卫宣公死后，宣姜已年逾三十，但想来依然风情不减当年，不然也不会被昭伯青睐。这位当日身着艳丽服装，披着轻纱外衣的绝艳女子，今日再次披上嫁衣，作为政治牺牲品，嫁给一个她并不爱的人。这位世间难求的女子，竟然就这样在男人们的权力欲望中，辗转漂泊。

宣姜再次下嫁给原太子的同母弟弟昭伯，以安慰亡灵的名义，巩固两国交好。这番交易般的姻缘，宣姜自是不愿意缔结，但是世事人生，从来都由不得她做主。史书中有载："不可，强之。"在逼迫中，宣姜终究接受了命运给予她的安排。

世人都道红颜祸水，将宣姜斥为政局混乱的始作俑者，却不曾有人走进她的灵魂，抚慰她那颗不曾得到过半缕幸福的心。于是她被那些冷漠无情的人们，冠上"淫妇"的名号，《诗经》中也出现了一系列影射宣姜淫秽的诗歌。《新台》《墙有茨》《鹑之奔奔》莫不如是。

"鹑之奔奔，鹊之彊彊。人之无良，我以为兄。鹊之彊彊，鹑之奔奔。人之无良，我以为君！"这首《鹑之奔奔》即是刺宣姜先嫁卫宣公，后又嫁昭伯。她始终都是一颗棋子，所谓棋子自是用时取之，不用时弃之，她为冰冷的国家付出了一生，到头来却落得个人人诛之的下场。难道一切都是她太美的过错吗？如若知晓是这般结局，她是否宁愿只做个贤良淑德、相夫教子的平凡女人？

这不由得让人想起亦被人当作祸水的褒姒。许是她生来便不爱笑，许是身世坎坷让她已对这个俗世产生厌倦之心，自从她被当作礼物进献给周幽王后，从未曾露出皓齿嫣然而笑。向来便是越无法得到，便越教人神魂颠倒。褒姒生得倾城绝色，自是得到周幽王喜欢。于是，他为美人上演了一幕"烽火戏诸侯"的戏码，终究博得了美人一笑。而这淡然一笑，便从此被钉在了历史的耻辱柱上。这些美丽的生命，终究是一个个华丽的陷阱，不知便因其而殒身，且要担上如何洗也洗不干净的罪名。

宣姜是那样美，美得天地都要生妒，可是她的美除了给她带来命运的翻云覆雨、身不由己，再无好处。

最初，她是齐侯之女，他是卫国太子，这本该是一个王子与公主幸福生活在一起的故事，可是命运之轮一开始便已逆转，此后便是止也止不住的崩坏。王子公主，最后竟然是这样的结局。不知多年之后，当宣姜凋残了绝世容颜，是否会有这样的痛彻领悟：纵使有倾城的容颜，当错走了第一步的时候，身后便已是无法回头的悬崖峭壁。

卷七

人生看得几清明

人生就像一场悖论，初次探讨之时仿佛看见明晰的伦理在眼前展开，泾渭分明但越过茫茫无际的时空，发现所论述的不过是人生的怪圈，人生就是这样无法理喻。世间的一切，不过繁华梦一场，行走其中，却不知晓这只是一场暂时看不明的镜花水月。

物非人非，谁知我心——《王风·黍离》

孤独，仿佛是世人与生俱来的情绪。每一首诗或者每一首词背后，都站着一个孤独的文人，他们定然也背负着一段孤独的故事，或遭受谗言，或故国不再，抑或仕途不顺。

当屈原离开君王与朝廷，孑然一身行于生命的荒漠中，"长太息以掩涕"，哀叹人生几多艰难时，那些关于家国的念想，关于命运的痛诉，关于理想与现实的思索，必定千百遍地在他心头如滚雷般碾过。无路可走，亦无路可退，于是他只得以血为墨，以泪为书，记下了这场无与伦比的孤独，记下了这颗心全部的盛放与凋零，以生命之笔留下《离骚》。

本是为抚慰孤独，才倾吐孤独，可是在这些浩浩汤汤的词句里，孤独早已锥心蚀骨。他用惊世的才情，燃尽胸中激情，用文字的醇酒，痛浇心中块垒，末了却发现，痛苦仍然如鲠在喉。也罢，纵然他"九死未悔"，但一腔忠诚空付，满身清白遭污，无人可以领会，无人愿意理解，一切终究是他一个人的凌空虚蹈。

而在屈原之前，亦有一位臣子，与他一样背负着整个时代的哀恸，在生命的荒原中踽踽独行，忍不住写下永恒的悲怆——《王风·黍离》。

彼黍离离，彼稷之苗。行迈靡靡，中心摇摇。知我者，谓我心忧；不知我者，谓我何求。悠悠苍天，此何人哉？

彼黍离离，彼稷之穗。行迈靡靡，中心如醉。知我者，谓我心忧；不知我者，谓我何求。悠悠苍天，此何人哉？

　　彼黍离离，彼稷之实。行迈靡靡，中心如噎。知我者，谓我心忧；不知我者，谓我何求。悠悠苍天，此何人哉？

　　这首诗，即便只是初次诵读，也会为其中深沉的痛楚与哀恸而震撼。诗分三章，却仅仅换了六字，诗中无一字提及孤独与寂寞，但这一遍又一遍的吟叹，却将那种暗流涌动的哀伤，描摹透辟入里，好似不把这种情愫抒发得淋漓尽致，便不肯罢休一样。正如戴君恩所云："反复重说，不是咏叹，须会无限深情。"

　　此前周幽王倒行逆施，为了博得美人褒姒一笑，竟采用奸佞臣子的计策——烽火戏诸侯，最终冷冰冰的绝色美人看到各个诸侯的呆痴惊愕表情，忍不住扑哧一笑，周幽王心中也乐开了花。但这最终导致申侯联合犬戎以及缯侯之兵，进攻西周都城镐京，周幽王再次点燃烽火告急时，再没有诸侯愿意前来援助，最终西周灭亡，周幽王之子在晋国、郑国的辅佐下，迁都洛阳，建立东周。

　　此时忠贞臣子最痛楚，旧朝已成前尘往事，新朝又是一片歌舞升平，原来朝代的更迭，对周遭人而言，并无太大的影响，唯有他终日惶惶然，再找不到生活的出口。当他再次回到镐京，回到曾经熠熠生辉的旧都，缅怀兴亡旧事，不禁感慨万千。

　　"知我者，谓我心忧；不知我者，谓我何求。"世人皆醉，唯有他独醒。彼时已是东周，西周旧都在岁月的剥蚀中悄然改变了面容，早已成为历史的遗迹。曾经的故地，皆变成片片葱绿的庄稼，昔日的繁华和战火无一觅处，只剩下一些断墙残垣，这里的荒凉似在提醒他人事已非，故国不再。

漫无目的地行走在庄稼间，眼前的景物轻易就勾起了他无限的愁绪，对故国的追思、对百姓的痛惜、对历史的感慨和敬畏，种种忧思纷至沓来。他或许还想得更深远些，他想，为什么政权会兴衰更迭，人类社会的历史怎样才能保持安稳长久，渺小的人类如何才能战胜历史的规律。然而一路走，一路追寻，最终却是惘然。

　　岁月流转，山河换颜，不过是瞬间的事情。曾经是天子也好，是庶人也罢；受尽恩宠也好，遭遇冷落也罢，都将成为卷帙浩繁的史书里的零星痕迹。人生终究太过短暂，太过无常，于是他一再感慨知音难觅。如若他能活得久一点，便会知晓，"知我者"并非没有，仅仅是相隔太久而已。朝代历次更迭的过程中，都有人泪水涟涟地吟哦着兴亡之思。

　　抚今悼昔的《扬州慢》，与《黍离》的哀亡之音最为切合。

　　"淮左名都，竹西佳处，解鞍少驻初程。过春风十里，尽荠麦青青。自胡马窥江去后，废池乔木，犹厌言兵。渐黄昏，清角吹寒，都在空城。"北宋年间的扬州，物阜民丰，人流如织，珠玑满市，罗绮盈户，真是说也说不尽的豪奢风流。不过几年的光阴，大宋便历经靖康之耻，偏安于江南。北方金兵的军马不断进犯，唐和北宋繁盛一时的名城扬州在数次兵乱后几乎沦为空城。当他走进扬州城腹地，往日的盛景早已如烟，维扬琼花、玉树深歌的扬州城，在刀兵相逼之下，已是一片冰冷空寂，只余满眼野麦，兀自青葱苍翠，天真不怀愁。

　　在年轻的姜夔凝神伫立的地方，有多少前路已成云烟，不可追挽；还有多少来路正在幽冥里沉默，未被照亮。他只是站在那里，任凭孤独和哀愁尽数笼罩着他。彼时他正值最好的年纪，却已然经历过惨败和生死，尝过身世孤苦的滋味，故而书写已经满目疮痍的扬州时，下笔即是空茫苍凉。无怪乎他在后来添上的小序中，说到千岩老人萧德藻认为此诗有"黍离之悲"。

山河依旧，江山易主，总是末世文人心口上永恒的痛楚。《黍离》写下了为兴亡而叹的第一个音阶，而后曹植的《情诗》、向秀的《思旧》、刘禹锡的《乌衣巷》，无不带有《黍离》的影子，续写着这段哀恸的旋律。这些属于不同时代，但同样敏感的文人，正是彼此的知己。

只是他们都有心将朝代挽留在时代的台阶上，却总是徒劳而返。在经历一番悲喜交加、正邪之战后，才恍然明白，万事皆如流水一般，从不会因任何人任何事而滞留。世人除却感慨，除却写下一首首沉痛的诗歌，什么也做不了。

人间尤物，倾城倾国——《陈风·株林》

论及因女人引起的风波及争议，夏姬大概不比任何美貌女子"逊色"，杜牧在《杜秋娘诗》中说"夏姬灭两国"，她不但毁灭了自己的家庭与国家，还使当时的霸主之国楚国陷入不可挽回的衰落之中，并导致了最终的灭亡。这种翻手为云、覆手为雨的美丽，由此可见一斑。

东周之时，陈国有名大夫为夏御叔，食采邑于株林，便娶了这位不似凡间之女的夏姬。这不仅是他的幸运的发端，更是他不幸的起点。

夏姬未出嫁之时，便与庶兄公子蛮私通。夏姬嫁给夏御叔不到九个月，便为其生下一名男孩，是为夏徵舒。

即便夏御叔时时怀疑夏徵舒不是自己的亲生儿子，但因惑于妻子的美貌，也就装作一无所知，不曾深究。他并不是贪得无厌之人，亦知晓于此事上纠缠，只会落到彼此尴尬的地步。毕竟他已经得到这个如花似玉的女子，只要夏姬日后对他再无二心，他定然会将她捧在手心。

十多年后，夏御叔亡故，夏姬也由此隐居陈国株林。当时诸多男子都成了这位绝色女子的入幕之宾，夏御叔的好友孔宁与仪行父自是进出株林的常客，不久之后，就连陈国国君陈灵公也加入了他们的行列。大臣们敢怒不敢言，民间的百姓却好似炸开了锅，开始用歌谣《株林》嘲讽君主失威败德，荒废国事。

胡为乎株林？从夏南；匪适株林，从夏南！

　　驾我乘马，说于株野；乘我乘驹，朝食于株。

　　"他们为什么如此匆忙？原来是要去株邑城外的郊野见夏姬的儿子夏南。驾着四匹宝马的大车，停车在株邑的郊外。架起轻车赶着四匹宝马，抵达株邑歇息吃早餐。"百姓们到处传唱，一个个交头接耳说着夏姬的风流事。陈国因夏姬而灭亡，那是后话了。此时，她隐居株林，游走穿行于一个个男子的怀抱。

　　尽管如此，陈灵公和他的大臣们并没有就此收敛住前往株林的脚步。最初，陈灵公对于此事，并不敢声张，只是在夜深人静时偷偷溜进来，毕竟与臣子的寡妻私通并非光彩之事。更何况，夏徵舒也一日日成长起来，并继承了其父之爵位和职务，成为陈国的司马。然而，时日渐久，陈灵公早已为这位在深林中寡居的绝世女人深深沉醉，便顾不得诸多礼法。

　　在那样一个男子主宰兴亡的乱世，她一个弱女子，流转于各色男子的掌心，不知究竟有几分真心。她拥有人人垂涎的倾城姿容，想要安然生存下去，当真是难上加难。她必是将这一切都想得通透：既然无论如何都要辗转于男子身畔，以色事人，不如早早地丢弃了道德尊严，利用自己的倾国倾城貌，玩弄男人于股掌。

　　她早已不去思考，自己究竟是为谁生就了这般盛丽鲜艳的容貌，女为悦己者容的情怀早已远离她的生命。她更愿意让自己的美成为傲视一切的存在，无关乎幸福，无关乎道义，只是存在本身，便已是极致。这般超然的姿态，在彼时怕是再无第二人。直至南宋时，那位虽沦落风尘却始终保持清丽之姿的李师师，与夏姬倒有几分相似之处。

李师师生得清丽秀雅，才色双绝，虽身在青楼，却从未沾染红尘俗气，芙蓉如面柳如眉，美人出浴如莲般清幽。每日慕名而来的男子，自是络绎不绝，当时的风流词人周邦彦亦是其中常客。不仅如此，就连九五之尊的天子宋徽宗，亦在夜深之时急急赶往李师师的坐馆。

据民间传闻，有一日周邦彦正与李师师缠绵之时，忽听得侍女来报，说是宋徽宗前来问候，周邦彦只得慌不择路地躲到了李师师床下。长夜漫漫，词人屏气凝神地躲藏着，且做了一首酸到极致的《少年游》："并刀如水，吴盐胜雪，纤手破新橙。锦幄初温，兽烟不断，相对坐调笙。"在周邦彦的笔下，李师师柔情似水，当真如一朵温柔的解语花，情意缠绵但又恰到好处。

周邦彦用生花妙笔为千载之后的读者留下风流天子和北宋花魁的闺房秘事。《株林》则用直白之语，记下了夏姬的风流韵事。因为身处其中，这对当事人而言，反倒云淡风轻，而在周遭人看来，这无论如何也是不堪之事。

夏姬自是在株林中与各色男子做着有伤风俗的情爱游戏，而在陈国，如熊熊山火般肆意蔓延的丑闻，在民间遍布流传的讽刺歌谣，都如同刺刀深深插入夏徵舒的心中。起初他只是心生厌恶，愤愤不平。然而，当陈灵公他们又一次深入株林时，他便悄悄退入屏后。未料到，他们在屋内不加掩饰的对话，成了夏徵舒起兵之由。酒过三巡之后，只听得灵公带着戏谑的口气嘲弄仪行父说，夏徵舒与其长相甚为相似。仪行父听到后，亦是醉醺醺地指着灵公说："夏南长得更像你啊，主公！"说完厅中三人抚掌大笑。

夏徵舒自是感到羞耻至极，便将夏姬锁于内室，从便门溜出来，且吩咐随行军队，将府第团团围住，口中不住喊道："快拿淫贼！"继而带着家丁，从大门杀进去，灵公当场毙命，孔宁和仪行父则因及时逃出，未曾伤及性命。但因不敢回家，便相偕逃亡到楚国去。二人隐匿了淫乱的实情，只道夏徵舒弑君，是人神共愤之事，请求楚庄王发兵征讨。有志于天下的楚庄王偏听一面之词，决意讨伐夏徵舒。

　　夏徵舒与大臣立太子午为新君，史称陈成公。因惧怕楚国出兵讨伐，便求助于晋国。而当楚国士兵冲到陈国城下之时，晋国救援的军队还未赶到。陈国将士一向害怕楚国，不敢抵抗，便打开城门，将一切罪名都推到夏徵舒身上，带着楚军前往株林杀掉夏徵舒，并且捉住夏姬，送到楚庄王面前，请他处治。

　　楚庄王一见夏姬姿容妍丽，不觉为之怦然心动，准备收纳其为妃妾，但身侧的巫臣则极力劝谏，莫要因美色而双手奉上整个国家。楚庄王心怀称霸列国之志，尽管贪恋美色，大臣的劝谏亦入了他的心房，因此将夏姬赐给连尹襄老。然而不久之后，连尹襄老便战死于沙场，夏姬假托迎丧之名回到郑国。

　　故事于此处并未戛然而止，多情男子还会因夏姬的美貌，惹出诸多是非。

　　公元前589年，雄才大略的楚庄王已经死去，齐晋两国征战，齐国被困而向楚国寻求支援。楚共王派巫臣带兵援助齐国。世人皆不曾料到，巫臣竟趁出使齐国之际携带全部家产，于途中撒下大队人马，绕道郑国与夏姬幽会，而后与其辗转逃奔到晋国。

聪慧如巫臣，却为了一个貌美的寡居女子，抛却在楚国已然获得的至高地位与声望，明目张胆地欺骗国君与同僚。但战争却从未结束，他向晋王提出无懈可击的驱虎吞狼式战略计划：扶植楚国东部的吴国，由东面牵制楚国。此计划一经提出，便立即实行。巫臣之子巫狐庸率领一队人马前往吴国，着手训练军队。不久之后，吴国的伍子胥率领吴国军队攻入楚都，而伍子胥身后强大的军队正是巫狐庸当年一手训练的。

这都是夏姬的美丽惹的祸。以她为中心，亡国、灭族、身死等一系列事情周而复始地发生，男人们却始终无怨无悔、连绵不断地为之冲锋陷阵，以夏姬和巫臣终老于晋国成最后的结局。

夏姬，这个郑国的美丽公主，一直是男人垂涎的对象。在群雄争霸的春秋乱世，身处于战争夹缝中的弱小女子，定然是饱经沧桑。也许正是她倾城倾国的美貌，与颠沛流离的命运，谱写了她亦邪亦正的传奇。

生如蜉蝣，亦如春草——《曹风·蜉蝣》

中国的哲学思想很早便诞生，孔子站在水边感叹"逝者如斯夫，不舍昼夜"；庄子以"白驹过隙"来比喻人生的短暂；《诗经》中《曹风·蜉蝣》在更早之时便唱出了生命的荒凉：

蜉蝣之羽，衣裳楚楚。心之忧矣，于我归处。
蜉蝣之翼，采采衣服，心之忧矣，于我归息。
蜉蝣掘阅，麻衣如雪。心之忧矣，于我归说。

三千年前，敏感的诗人借助一只蜉蝣，写出了脆弱的生命在死亡前的短暂美丽和对于死亡的困惑。蜉蝣是一种生命期很短的昆虫，它的幼虫在水中孵化以后，要在水中生活大概一至三年或五至六年才能达到成熟期，而后爬到水面的草枝上，把壳脱掉成为蜉蝣，之后还要经过两次蜕皮才能展翅飞舞。此后的时间它更加忙碌，在几个小时内交配、产卵，不知疲倦，而后就要死去。

《淮南子》对蜉蝣曾有这样的记载："蚕食而不饮，二十二日而化；蝉饮而不食，三十二日而蜕；蜉蝣不食不饭，三日而死。"明朝李时珍亦在自己的药学巨著《本草纲目》中只用一语便抓住了蜉蝣的生态特征："蜉，水虫也……朝生暮死。"

非常之人总是要多几分清醒，也多几分痛楚。蜉蝣穿着鲜妍好看的衣服，美丽无比，俏丽动人。它的翅膀透明如水晶，身姿轻盈宛如翩跹起舞的宫女，尾丝细长柔软好似美人长裙下摇曳的

飘带。看到它似乎不知道自己就要死去，诗人不禁发出了长叹：蜉蝣在有限的生命里还是在尽情展现自己，而作为人类的我们有着漫长的生命，却不知道要走向何方。

　　他忧伤地唱着这支寂寞的歌曲，在千年之前，流水湖畔，诉说着心中的迷茫、内心的忧伤以及对生命的敬畏。他本要淡然面对生死这个严肃的话题，却又战战兢兢，无法克制内心对于时光飞逝的惊恐。

　　蜉蝣的羽啊，楚楚如穿着鲜明的衣衫。我的心充满了忧伤，不知哪里是我的归处。

　　蜉蝣的翼啊，楚楚如穿着鲜明的衣衫。我的心充满忧伤，不知哪里是我的归息。

　　蜉蝣穿穴而出，仿佛穿着如雪的麻衣。我的心里充满了忧伤，不知哪里是我的归结。

　　人生在世不过百年，世人在哀怜蜉蝣"朝生暮死"的同时，又何曾意识到自己亦是造物主眼中的一只"蜉蝣"。

　　东晋大司马桓温北征之时，路过金城，他昔年曾在这里任琅琊内史之职。当时他亲手在城里种下柳树，不想多年以后再见，曾经纤弱未及一指的树苗，竟已长成十围之粗壮。看着那坚韧的树干上道道模糊的纹路，仿佛浸润了岁月的沧桑，久经沙场的桓温泫然泪落，感慨道："木犹如此，人何以堪！"

　　彼时，北面国土失陷于前秦之手，桓温亲率大军北征，便是意图恢复中原大好河山。可是中原陆沉已久，旧人凋零，新的一代人已无复国之志，所以当他途经故地看到年轻时手植的柳树时，会发出如此沉痛的叹息：草木无情，人生易老，过去的英雄已经作古，而自己眼看也已蹉跎半生，恢复国土的壮志只怕难以实现了。

　　在桓温那里，时光翩跹而逝的心惊感受是与家国江山的情怀糅合在一起的，他洒下的当是一把壮志难伸的英雄泪。而数百年后的晏殊，与桓温一样手握着朝政权柄，但他的时代早已失落了往日金戈铁马的豪情，只余下一派平和锦丽。尽管如此，他还是在亭台楼阁之间，发出"无可奈何花落去，似曾相识燕归来"的悲伤感慨。

无论如桓温那般在战火中颠沛流离，还是似晏殊那般在太平盛世中安享年华，人生都不过是一只蜉蝣而已。即便这思想太过悲观，也算得上是对人生的一种清醒认识。

宋代大文豪苏轼便认识到了这一点，他在《前赤壁赋》中发出深沉感慨："寄蜉蝣于天地，渺沧海之一粟，哀吾生之须臾，羡长江之无穷。"古战场赤壁犹在，滚滚东逝的长江亦在，而那些曾经叱咤风云的英雄豪杰却消失无踪。古今多少事，所有的惆怅，都不过是因为"盛年不再"。时间总是如此无情，从不会对任何人任何事客气。浮生若梦，一切终究会归于岑寂。时光无法挽留，红颜黯淡凋零，世人于茫茫沧海不过是一粒尘埃罢了。

其实时间本是身外之物，独自沉静，缓慢流淌于世间，只因人们妄自慌乱，才令时间变得仓促而残酷。生命亦是一场自顾自的表演，又何必过分在意这场表演的长短，只要深刻精彩，任何表演都会永恒存在。

纵然蜉蝣最为脆弱，生命最为短暂，却也在坚定地走自己的路，等待、蜕皮、交配、产卵，完成自己的使命，这是死亡也无法摧毁的强大意志。

蜉蝣尚且有自己逍遥洒脱的生活，而世人亦该在有生的年华中，用精彩点缀无悔的人生。有人曾说："生与死之间的距离是固定的，我们却可把两点之间的距离用曲线走得更加精彩，如果活着只是为了赶路，从生的这边直接赶到死的那边，那么活着何异于行尸走肉？"从出生之时起，死亡便等在彼岸，但在走向终局的路上，却有大好风光值得我们去欣赏。

《蜉蝣》的作者不知自己将要走向何方，便站在原地悲伤地感叹光阴易逝。然而佛家有语："尽日寻春不见春，芒鞋踏遍陇头云。归来笑拈梅花嗅，春在枝头已十分。"生命中，总有一些事情无可挽回，令人徒然伤感，也总有另一些事物会在生命中最绝望的转角处出现，带来一种似曾相识的温暖与慰藉。

其实世人又何必去嗟叹人生如蜉蝣，生命长达百年也好，短如一瞬也罢，如若人们像蜉蝣那般尽心尽力去完成生命中的每一件事，快乐感怀自然会油然而生。观花望死，在一瞬间离世而去，大不了下个轮回再来。

周公归政，成王收权——《周颂·烈文》

清朝那位只手遮天的辅政大臣鳌拜，与少年天子康熙之间的博弈，向来为后人津津乐道。鳌拜的叔父费英东早年追随努尔哈赤起兵，是清朝的开国元勋。鳌拜本人随皇太极征讨各地，战功赫赫。及至康熙继承帝位后，鳌拜以军功显赫为由，独揽大权，把持朝政，将年轻的皇帝当成任凭自己摆布的傀儡。

心怀天下大志的康熙如何能容忍这般骄横的权臣，故而暗中准备除掉心腹大患。待一切都准备妥当后，在鳌拜单独入朝时，康熙的亲信大臣便将其擒拿下狱，宣布鳌拜三十条罪状。因念鳌拜屡立军功，并没有治其死罪，而是将他永久禁锢。之后，康熙削其党羽，夺回了大权。

少年的周成王与当时的摄政大臣周公，也有过这般惊心动魄的博弈。

烈文辟公，锡兹祉福，惠我无疆，子孙保之。

无封靡于尔邦，维王其崇之。念兹戎功，继序其皇之。

无竞维人，四方其训之。不显维德，百辟其刑之。於乎前王不忘！

公元前1046年，周武王与商纣王的那场战争，家喻户晓。纣王穷奢极欲，商朝势力渐渐衰弱。而欲要一统天下的周武王，则凭借"得道者多助，失道者寡助"这一用兵计谋，举行誓师大会，列数纣王诸多罪状。纣王终日沉湎于美色之中，对方军队打来时，才停止歌舞宴乐，慌忙与将士商议对策。这场战役在未曾开始之前便已分出胜负，最终纣王在鹿台放火自焚，武王占领商都，开始建立周朝大业。

多半人认定周武王为周朝的开国君主，却少有人知晓他在位两年便因操劳过度而病逝。彼时政局并未稳固，周武王之弟周公与周武王之子成王当是奠定周朝大业之人。

初登基时，成王尚是十三岁的少年，对世事已不懵懂，对国事却还所知寥寥。周公辅佐这位少年天子，摄理政事，即使历史上没有臣子功高震主这样的宝贵经验供他参考，以他的聪慧通透，也该了解摄政大臣这一身份的尴尬之处。只是偌大的天下已在他手中，他不可能毫无作为。最后，他索性抛开一切顾忌，大干了一场。

周公尽心尽力辅佐成王，难免会被冠上欲要夺权的罪名。彼时周文王的三个儿子——管叔鲜、蔡叔度和霍叔处皆在朝监视商纣的残余势力，自然对周公辅佐摄政极为不满，暗中勾结东方夷族，企图反叛。周公对此深有察觉，便亲率大军东征三年，平定三人的动乱，并将势力扩展到东海。同时，他又在全国实行封邦建国制度，周朝出现前所未有的繁荣局面。

七年之后，成王年满二十周岁，已经由一个懵懂少年，成长为一个有抱负有胆识的有志青年，且有整个国家为舞台任他驰骋，任他折腾，属于他的时代终于来临。周公知晓是将政权物归原主的时候了，故而在众目睽睽之下，归政于成王。自问无愧于天下，无愧于周朝王室，更无愧于心。

可是，成年后的周天子第一次进行祭祀时所唱的乐歌，便让他惊出了浑身冷汗。

这位天子是怀着怎样的心情祭祀呢？他是否怀疑过周公的不忠？周公多年的摄政于他而言，是靠山还是陷阱？权力纠葛历来复杂，想在一个大家族中掌权尚且难比登天，更何况掌控一个国家。成王的亲政之路并不容易，故而他小心翼翼，不敢有半分闪失。

在做傀儡期间，纵然他对周公言听计从，缄默不语，但内心如何不起滔天巨浪，生怕有朝一日周公自己坐上那万人仰慕的宝座。《尚书·周书·金縢》中有详细记载，武王驾崩后，周公摄政代管朝堂，掌管一切大小政务。成王自然不悦，却又因年纪尚小不敢言；百官亦心有怨怼，但因周公军功显赫也闭口不谈。

数千年历史中并不乏大臣掌权甚至越俎代庖的现象，他们以年幼的君王为傀儡，口口声声要以国为重，实则要将整个国家收

入自己囊中。在这些大臣身边长大的小皇帝，或怯懦胆小，或残暴偏执，或愤世嫉俗，在压抑且畸形的环境里，总会多多少少有些性格上的缺陷。周公在年幼之时，又何尝不是如此。

《周颂》中有一首诗叫《闵予小子》，后人研究说此是成王幼年即位时所作的诗："闵予小子，遭家不造，嬛嬛在疚。"可怜我这年轻的后生，尚不知事时家中便遭到如此的不幸，让我凄凄惨惨孤苦伶仃。诗中满是深沉的哀痛，蚀骨的无助，以及对继承王业的担心。

幸而这一切都是一场噩梦，二十周岁时，周公便归政于他。纵然这位心怀大志的天子吃下了定心丸，但心中还是隐隐不安，心想或许这只是周公的权宜之计，让他放松警惕，好在恰当的时机出其不意地将他拿下。故而成王要在众臣面前做一次高明的政治表演——亲自到郊外以国家之礼迎接周公，并在祭祀之时唱出了这首具有无限威慑力的《烈文》。

各位诸侯，你们赐予了周王朝福祉，又带给我无穷无尽的恩惠，我要让周室子孙永远保存下去。

希望各位在封国内勤勉执政，不要做出有损封国声誉之事，唯有这样，周王还是会让你们建立邦国，并心念你们的功劳，让你们的子孙代代继承下去。

国家强盛没有比得到贤人更好的了，这样四方诸侯才会顺从你。最光荣的莫过于德行，这样诸侯才会以你为榜样。永远不要忘记武王之德。

此番言辞，真是雍容平和，庄重大气，符合天子身份。听在各诸侯耳中，却是绵里藏针。听起来是殷殷赞扬和劝诫之意，实则是彰显周王室的赫赫威信，同时又强调了自己执掌生杀大权的绝对地位。当真是深意无限，怪不得周公听过以后，从此再也没有插手过治国事宜——一个属于周成王的时代真正到来了。

成王生性宽厚，体恤子民，又有济世安邦的仁心和开创盛世的壮志，故而他亲政之后，日理万机，勤政爱民，大封诸侯，加强宗法统治权力，同时命周公制礼作乐，完善各项礼法制度。在加强内部管理之时，他又命大将出征攻打淮夷及在淮夷之北的奄国，进一步扩大统治范围。周朝在他执政期间社会安定、百姓和睦。

这位手握天下大权的天子，站在国家中央，恣意驰骋，挥洒着满腔的豪情壮志，人生舞台是他的，万里疆土亦是他的，而这一切皆由《烈文》这首祭祀歌为始端。

智慧仁心，心系故国——《鄘风·载驰》

在先秦诸侯国里，以美貌闻名的诸侯之女不乏其人，但以才学名盛一时的女子却只有许穆夫人。这位身负"中国第一位女诗人"称号的奇女子，出身于王公世家，高贵典雅，才情超众，又英姿飒爽，坚毅果决，当真是将那些空负美貌的莺莺燕燕比了下去。

她是卫公子顽和宣姜的小女儿，即是卫国君主卫懿公的妹妹。彼时诸侯林立的趋势已然呈现，战乱不断。而卫国国力只算得上中等，常常遭到临近大国和处于卫国之西、之北的戎、狄等部落的侵扰，时刻有着亡国的危机。国家的危难，使得许穆夫人自幼便为国家的命运担忧。

岁月一层层剥落，她也渐渐出落得娉娉婷婷。宣姜之美倾国倾城，其女许穆夫人自然也毫不逊色，只是寻常梳妆，未做丝毫刻意打扮，就已经美得超过了人间几多姝丽。即使以花比喻她的美貌，亦是觉得唐突了她——百花园里奇葩艳卉，不过是深红浅白而已，哪里能比得上她妩媚多姿。

这般占尽人间春色的女子，自然会有翩翩男子前来求亲，以期抱得美人归，其中也包括许、齐两诸侯国的君主。寻常女子，无论贵贱，皆盼着觅得一生一世的良人，好为终生的幸福寻一个依靠。许穆夫人却不是如此，她是连终身大事的选择都要与众不同的。

在许国重礼的打动下，父亲决定将她嫁给许国国君。而她起初曾向父亲建议，将她嫁往齐国，并非齐国有她的心仪郎君，而是齐国与许国相比更强大，且与卫国毗邻。正如《列女传·仁智传》所记载的那般："古者诸侯之有女子也，所以苞苴玩弄，系援于大国也。言今者许小而远，齐大而近。若今之世，强者为雄。如使边境有寇戎之事，维是四方之故，赴告大国，妾在，不犹愈乎！今舍近而就远，离大而附小，一旦有车驰之难，孰可与虑社稷？"

婚姻一事于她，可低微至尘埃，亦可重如泰山。低微在于，将自身幸福牵系于男子一身，她不屑为之；重大在于，她愿意用婚姻去换取一国臣民的安宁。如若与强盛的齐国联姻，日后卫国被别的诸侯国侵袭时，齐国便会发兵支援。但她的父亲固执己见，未曾答应她的请求，而是坚持将她嫁到许国，成为许国国君许穆公的夫人。

"淇水在右，泉源在左。巧笑之瑳，佩玉之傩。淇水滺滺，桧楫松舟。驾言出游，以写我忧。"这首《卫风·竹竿》相传为许穆夫人所作。潺潺的淇水、汩汩的清泉、清亮的河畔、明媚的阳光，一个天真的少女依湖垂钓，窈窕的身姿在清水碧波中随风摇曳。

这是许穆夫人无忧的年少时光，尽管小小年纪她已然学会为国担忧，豆蔻年华之时她也不曾沾染一丝尘埃。但那段纯净无虑的少女时光，自父亲接受许国国君的聘礼之后，便永远成了她梦里与记忆中的图景。纵然在心中千万次呼喊，有亿万个不甘愿，终究拗不过父亲的意愿与命令。于是她披上嫁衣，蒙上盖头，随着送亲的大队人马，到遥远的许国嫁为他人妇。

她未能嫁给如意郎君，亦未能嫁到强盛的齐国，这不免让她伤怀，却不至于使她心灰意懒，毕竟这次政治联姻对卫国并非没有半点好处。然而，当她的宗国遭到北边部落戎狄的攻击，她恳切地请求许穆公出兵援助卫国时，她的丈夫却退避三舍，不出一兵一卒，这使得许穆夫人彻底丧失了对他的仰仗与敬意。

　　靠山已倒，她唯有靠自己柔弱的双肩支撑起处于险境中的卫国。

　　　载驰载驱，归唁卫侯。驱马悠悠，言至于漕。大夫跋涉，我心则忧。

　　　既不我嘉，不能旋反。视尔不臧，我思不远。既不我嘉，不能旋济。视尔不臧，我思不閟。

　　　陟彼阿丘，言采其蝱。女子善怀，亦各有行。许人尤之，众稚且狂。

　　　我行其野，芃芃其麦。控于大邦，谁因谁极？

　　　大夫君子，无我有尤。百尔所思，不如我所之。

　　这首《鄘风·载驰》正是许穆夫人在绝境中以满腔的爱国热情，请求齐国援助，痛恨许国袖手旁观而创作的诗歌。

　　卫国国君卫懿公昏庸无道，不理朝政，嗜好养鹤，在宫廷定昌、朝歌西北鹤岭、东南鹤城等处，均设立养鹤的地点。其鹤如官，有品位俸禄：上等者食大夫俸，较次者士俸。甚至出游时，卫懿公也要将鹤带在身边，载于车前。因好鹤成瘾，朝政便渐渐荒废，民间疾苦也充耳不闻，自然民怨沸腾。

　　而北方戎狄日益强大，于公元前660年突然入侵卫国，

卷七　人生看得几清明

卫懿公情急之下召集黎民兵士作战，可百姓将士皆隐遁山野，不肯出战御敌，即便有些士兵被抓回，也毫无畏惧地对卫懿公说："派鹤去打仗吧，它们拥有俸禄和官职，我们哪里能作战？"于是，卫国战败，卫懿公被杀，国家几近灭亡。卫国遗民则渡过黄河，逃到南岸的漕邑，拥立公子申为国君，史称卫戴公。一年之后，卫戴公便因病去世。

许穆夫人闻此噩耗，再也不能安然做着衣食无忧的许国之母，在请求许穆公出面援助失败之后，她再顾不得诸多礼法。为了吊唁戴公，许穆夫人怀着游说大国帮助卫国复国的壮志，自作主张离开许国，驱车奔卫。

这一举动自然使许国大臣对她生出诸多微词，或是抱怨她考虑不周，或是嘲笑她的所为徒劳无益。许穆夫人面对许国大臣的无礼行为，当下怒不可遏，她胸中燃烧着火一样的焦灼，夹杂着火一样的愤怒。于是，她内心汹涌澎湃的忧国之思、不可抑制的怨怒，在《载驰》字里行间奔腾。

尽管许国大臣极力阻拦，说她回到卫国有损于卫国尊严，但这也不能改变她的初衷。她的心好似没有边际的原野，无法禁锢。相比于他们的胆小如鼠，她的主张确为高明实用，她的眼光确为独到深远。即便大臣们拿出千百种计策，也不如她到卫国亲自走一趟有用。

最终，她冲破重重阻拦，携带着自己随嫁过来的几位姬姓姐妹，亲自赶赴漕邑，与卫国残余官员商议复国的计策，招来百姓整军习武，且建议向强大的齐国求救，做一切她力所能及的事情。

最终她用自己的智慧仁心换得了齐桓公的浩浩肝胆，得到了齐国的援助。齐桓公派兵戍漕邑，又派出自己的儿子无亏率兵三千、战车三百辆前往助战，一举打退了北方少数民族的势力，收复了失地。两年之后，卫国在楚丘重建都城，恢复了它在诸侯国中的地位，以后又延续了四百余年的历史。

今日再看这位奇女子为避开许国诸侯追赶，孤身驾车奔驰于大道的景象，内心是不能不为之震撼的。以柔弱身躯肩负起一国之兴亡，就连男子也难有这般勇气。当她驱车来到故国的原野，看着一望无际的青青稻麦，心中的故国之思，炽烈的故土之爱，只怕是再也难以抑制，她设想着能够登上故国高高的山冈，摘一把贝母草，解除心中深深的忧伤。

温如玉，行如松，诗如虹，此是后人对她最为恰当的评价。

旁人抒故国之思，无非想之念之，将那满腔乡愁揉进永不褪色的回忆。许穆夫人眷恋故土，却是要以身赴险，用自己的智慧仁心去挽回一个将亡之国的国运。那一把生长于故土的贝母草，并不能疗愈她去国万里的忧伤，唯有付出一切，扭转了乾坤，她才能真正得到慰藉。

卷八　今我来思，家何在

战争从来都是伤心事。失败固然痛楚，胜利亦有感伤，而这些皆是刻骨铭心的凄美。

王土之下悲声长——《小雅·北山》

古来即有储粮备荒的传统，这在《诗经》中屡次体现。《小雅·甫田》有云："乃求千斯仓，乃求万斯箱。"《小雅·楚茨》写道："我仓既盈，我庾维亿。"《周颂·丰年》中说："丰年多黍多稌，亦有高廪，万亿及秭。"这些诗歌无一不是为储粮而作。

只是在高高耸起的粮仓中，无论盈满谷粮，还是颗粒未有，都与寻常百姓无关。黎民不过如奴隶一般地活着，丰年也好，灾年也罢，皆是捉襟见肘，不曾享受过半刻温饱。

陟彼北山，言采其杞。偕偕士子，朝夕从事。王事靡盬，忧我父母。

溥天之下，莫非王土；率土之滨，莫非王臣。大夫不均，我从事独贤。

四牡彭彭，王事傍傍。嘉我未老，鲜我方将。旅力方刚，经营四方。

或燕燕居息，或尽瘁事国；或息偃在床，或不已于行。

或不知叫号，或惨惨劬劳。或栖迟偃仰，或王事鞅掌。

或湛乐饮酒，或惨惨畏咎。或出入风议，或靡事不为。

在这首《小雅·北山》中，关于辛劳和贫穷，关于不公平的社会现实，诗人有太多的苦闷要诉。

普天之下，哪一处不是王土；四海之内，谁不是王的臣仆。可是，王的臣仆也要分出三六九等，上等人不劳而获，安逸度日，纵情享乐，下等人却生来就要受役使和压迫，必然要承受辛劳和痛楚。世间何以会如此不平等？这偌大的一片王土，何以悲声不断？难道生就了卑微的命运，便再无翻身之日吗？

歌中的这位士人，登上北山头采摘枸杞，终日为王事奔波不止，然而王事繁杂沉重，不知要奔忙到哪一天才是尽头。他起早贪黑、一刻不停地在四方奔波，却得不到相应的回报，至多换来上层大夫几句言不由衷的夸赞："你年纪这么轻，身体又这么健壮，前程无限啊，多出几趟差，多做些贡献吧！"

看似是赞美之词，实则是上层统治者驾驭下属的技巧。他们恨不得所有人都牺牲自己，来供养他们的欲求。这种贪婪之心，被《小雅》的另一篇《大东》表现得入木三分："维南有箕，载翕其舌。维北有斗，西柄之揭。"

"他们就像南方天上那座箕星，永远伸缩着舌头，张着血口，总想吞掉人们生产的粮食；他们就像北方天上那座北斗，高举长柄正指向西，要舀尽人们的一切财富。"

这真是令人悲哀的事情，如果是生死有命，富贵在天，那么这些成日挥霍人民血汗的贵族们是否真的就能担起天命？如果他们真的是天命所归，那为何天下还会四处饿殍、荒郊四野呢？

周代之时，社会与政权皆是按宗法制度组织，完全按照血缘关系的远近亲疏规定地位的尊卑。士属于最低的阶层，在他们之下便是广大的黎民百姓。他们最受役使和压抑，必然要承受劳作的艰辛与心灵的痛楚。

　　世间之事从来没有公平可言，终日为国操劳的平民饥寒交迫，而成天游手好闲的官员却过着锦衣玉食的生活。一劳永逸之人从不曾体会民间的疾苦，只知窃取辛勤劳作之人的果实。

　　故而，《诗经》中抒发艰苦劳作却一无所有者苦闷和不满的诗歌，自然不在少数，《北山》即是着重对那些不劳而获之人的不满与抗议。他们不知人间惨痛的呼号，不知有人终日历尽辛劳，不知有人时时为国事奔波，却优哉游哉地仰面而卧，享尽世间荣华富贵。不仅如此，黎民辛苦劳作所得的财富，还要源源不断地交到统治者手里。

　　然而，这般事情并非只存在于并不富裕的先秦，即便有着欣欣向荣盛世图景的汉代，亦有诸如此类情况发生，民歌《平陵东》即是最为有力的佐证。"平陵东，松柏桐，不知何人劫义公。劫义公，在高堂下，交钱百万两走马。两走马，亦诚难，顾见追吏心中恻。心中恻，血出漉，归告我家卖黄犊。"

　　这一幕"苛政猛于虎"的戏剧，恰恰真实而深刻地反映了彼时底层人民的现状。咸阳古城西北郊外矗立着汉昭帝的平陵，森气徐徐，时有强盗出没。一日，一位被称为"义公"的长者遭到官府恶吏的劫持。他们明目张胆地把好人弄到公堂上，无来由地逼迫义公交钱百万，还要交付两匹善跑的马，如此才能放人。义公虽然好名在外，却并非有钱的富人，因而他和家人期盼对方能减低赎款，苦苦哀求恶吏放过他们。

　　然而贪官恶吏怎会动恻隐之心，义公终究将家中仅剩的老黄牛卖掉以赎身。孔子曰："小子识之，苛政猛于虎也。"说得中肯，残暴的官吏和搜刮民脂民膏的行径，实比猛虎还要凶猛可怕。

　　"朱门酒肉臭，路有冻死骨"并非骇人听闻的夸张之语，而是真真切切地存在于先秦那个古老的时代。《诗经》中体现被

剥削的百姓愤懑与反抗精神的诗篇，除却《北山》，还有一首《黄鸟》。

　　黄鸟黄鸟，无集于榖，无啄我粟。此邦之人，不我肯榖。言旋言归，复我邦族。

　　黄鸟黄鸟，无集于桑，无啄我粱。此邦之人，不可与明。言旋言归，复我诸兄。

　　黄鸟黄鸟，无集于栩，无啄我黍。此邦之人，不可与处。言旋言归，复我诸父。

　　黄鸟呀黄鸟，不要停在我家的楮树上，不要把我的粮食啄尽了。这片土地上的人们，从不肯善意地对待我，我还是回去吧，回到我亲爱的故乡。黄鸟呀黄鸟，不要停在我家的桑树上，不要把我种的粮食吃尽了。这个国家的人们，不可与他们讲诚意信用。常常思念回家去，与我兄弟在一起。黄鸟呀黄鸟，不要停在我家的柞树上，不要把我种的粮食糟蹋了。这里的人们，不能跟他们长相处。我常常思念回家去，回到叔伯身边去。

　　悲情歌唱之人，怀着殷切的希望离开受尽压榨的家乡，以求在一片新的乐土重新开始生活。原本以为新的地方不会有剥削，却不曾料到，这终究是一场虚幻而美丽的梦。在他乡同样遭受压迫和欺凌，故而他发出了回到故乡的呼声。

　　看到王土之下人民的生活现状，听着这些来自远古的愤怒悲恸的呼声，才知道应该是清平淡然的上古岁月，也会有这样痛彻心扉的哭喊。但愿古人那些悱恻的哀怨会随着万古流水，丝丝缕缕流逝，再也不会苏醒。

归家之路阻且长——《豳风·东山》

故乡，这个饱含深情的词语，屡屡出现在文人雅士的诗文中。因每个人对故乡的感情各异，他们笔下的故乡亦不尽相同。对宋之问而言，是"近乡情更怯，不敢问来人"；对王维而言，是"来日绮窗前，寒梅著花未"；对杜甫而言，是"露从今夜白，月是故乡明"；而在《豳风·东山》中，它又是另一番模样。

> 我徂东山，慆慆不归。我来自东，零雨其濛。
> 我东曰归，我心西悲。制彼裳衣，勿士行枚。
> 蜎蜎者蠋，烝在桑野。敦彼独宿，亦在车下。
> 我徂东山，慆慆不归。我来自东，零雨其濛。
> 果臝之实，亦施于宇。伊威在室，蠨蛸在户。
> 町畽鹿场，熠耀宵行。不可畏也，伊可怀也。

男子出征多年都未能回家，如今终于要启程归乡了。他头顶飘落的细雨好似眼泪一样纷繁。这些年征战的时光，该是男子一生中最难忘的日子。他们这些士兵就好像桑叶上蠕动的蚕一样，在战车下蜷缩着度过了生命里最为美好的年华。

走在回乡的路上，细雨不断，沿途尽是一些荒凉的景色，一切都令男子分外思念家乡。自从离开家乡后，不知归期，不知妻子是否还在房中幽然叹息，不知她是否依然在打扫房间。这次重逢，男子足足等了三年。这三年，或许一切如故，或许已是沧海桑田。

> 我徂东山，慆慆不归。我来自东，零雨其濛。
> 鹳鸣于垤，妇叹于室。洒扫穹窒，我征聿至。
> 有敦瓜苦，烝在栗薪。自我不见，于今三年。

这个故事满含悲情，男子告别妻子父母，上战场杀敌，整整三年过着命悬一线的日子。然而当他终于可以回家与妻子团聚时，内心又满是纠结忐忑。毕竟时间太过残酷无情，谁能保证待他归来时，父母仍健在，妻子仍娇美。走在归乡的路上，他心事重重，既想早日到家，又害怕面对未知的一切。淅淅沥沥的雨，像是懂得他矛盾的心情，追随着他的脚步，零零落落地下个不停。

故事于此处并未落幕，这一条归家路实在太过漫长，以至于让他有充裕的时间去回想这三年的相思，让他有时间去畅想走进家门后洋溢在家人脸上的快乐。然而，这一条路又实在太短，仿佛他一抬眼、一远望便可看到故乡的所在，久别重逢也不再遥远得像是一场梦。然而，无论路途是漫长，还是短暂，他都愿意承担。归乡，团聚，是他这三年来从未放弃过的念想。

> 我徂东山，慆慆不归。我来自东，零雨其濛。
> 仓庚于飞，熠耀其羽。之子于归，皇驳其马。
> 亲结其缡，九十其仪。其新孔嘉，其旧如之何？

小雨渐渐变大，他的思绪却从未间断。男子一步步前行，看着家乡越来越近，他与妻子结为连理时的场景亦越来越清晰。那一日黄莺越过篱笆，在庭院内翩跹起舞，它的双羽在阳光下闪着耀眼的光泽。着赪的新娘多么漂亮，那些迎亲的马匹色彩多么斑斓。妻子的母亲为她戴好纱巾，告诉她遵守礼仪，那时的男子沉浸在莫大的幸福之中。

故事于此处戛然而止，后人并不知晓当他回到家时，家中是否依然如故。只有那无声无息的雨，依然滴滴答答。雨贯穿了《东山》整首诗，归路湿漉漉，诗情也尽笼罩在朦胧的烟雨中。

三年的思念被距离拉伸，他走得越远，这份思念就被拉得越长。或许离开家乡这么久，家必定已经破落，但是破落的家还是让他无比向往。五代十国时的韦庄，有机会回乡，却发出"未老莫还乡，还乡须断肠"的决绝之语，而一切都源于他太过思乡。

他的故乡本在中原，但当时烽烟四起、战事纷乱、中原动荡，又恰逢黄巢攻占长安，韦庄深陷战火之中，与家人离散。他深知战乱中的故乡，想必已不是原来的样子，倘若归去，眼前必是满目疮痍、物是人非之景，岂不令人潸然泪下？他时常在烟雨朦胧之际，在江南的画船里，枕着春风细雨入眠。或许有人曾告诉过他，如斯美景就是你以后最好的归宿，但他们不知，出现在韦庄睡梦里的，总是远方的故乡，还有亲人温暖柔和的目光。

文人大抵尽是敏感的。纳兰容若一首《长相思》："风一更，雪一更，聒碎乡心梦不成，故园无此声。"侠骨男儿尽显柔情，将对故园之思、之恋、之悲，一一呈现，让人滴滴落泪。

1682年，纳兰容若随康熙帝出山海关至盛京告祭祖陵。离家越远，思家越切。夜深人静之时，想念便悄悄来袭。白日里，大队人马翻山越岭，风餐露宿，走了一程又一程，一直向山海关方向进发。而词人却频频回首，想要再看一看灯火阑珊处的家乡，却不见踪影。漆黑的旷野，灯火熠熠，将不眠之人的思念，展露无遗。

人生路上，出发与到达之间，只是灵魂短暂的借住处，很难找到长久的"归宿"。只要活着，就会一直在路上。不管情愿与否，每一个人都注定是匆匆出发又匆匆到达的旅人。只是这途中会有大大小小的站台让人不时地停靠，又失望地离开，总觉得下一站就是终点，下一站就是永远。但是稍做停留后又发觉，不是不肯放心去依靠，便是留宿人不肯收留。于是，天亮之后，只得背上行李重新启程。

古时，交通极为不便，游子离家万里，都以为登上山巅便会望到千里之外的故乡。当他们真的攀上高峰，站在山顶遥望时，看到的不过是天地相接之处的苍茫。尽管如此，家乡还是坐落在远方，心中也算是有了些许安慰。

到了现代，千里万里不再是距离，回家的路有时候尽管很远，也不会有《东山》中士兵的那些担心，故乡的距离在缩短，思念之情也被逐渐冲淡，少了《诗经》中那份牵心扯肺的疼痛，不知算不算是好事。

浊酒一杯家万里——《小雅·采薇》

　　争夺仿佛是世人与生俱来的本性，欲望不息，战争也便不止。战乱中，"可怜无定河边骨，犹是春闺梦里人"这般场景，也便屡见不鲜。那远在战场上的丈夫常年毫无音讯，早已变成无定河边的枯骨，而妻子却还在闺房中日日梳洗打扮，热心期盼着郎君早早归来。征战之路，似是一条不归路，那重重硝烟不知埋葬了多少人的青春与梦想。即便是战事结束，兵士得以归乡，想必那时已是山河换颜，岁月变迁，物是而人非。

　　《诗经》中的《小雅·采薇》讲述的便是一个战士从战场归来的故事。

　　　　采薇采薇，薇亦作止。曰归曰归，岁亦莫止。

　　　　靡室靡家，猃狁之故。不遑启居，猃狁之故。

　　　　采薇采薇，薇亦柔止。曰归曰归，心亦忧止。

　　　　忧心烈烈，载饥载渴。我戍未定，靡使归聘。

　　　　采薇采薇，薇亦刚止。曰归曰归，岁亦阳止。

　　　　王事靡盬，不遑启处。忧心孔疚，我行不来！

　　　　彼尔维何？维常之华。彼路斯何？君子之车。

　　　　戎车既驾，四牡业业。岂敢定居？一月三捷。

　　　　驾彼四牡，四牡骙骙。君子所依，小人所腓。

　　　　四牡翼翼，象弭鱼服。岂不日戒？猃狁孔棘。

昔我往矣，杨柳依依。今我来思，雨雪霏霏。
行道迟迟，载渴载饥。我心伤悲，莫知我哀！

腊月寒冬，雪花飞扬，一位从战场上光荣归来的战士在返乡途中踽踽独行。道路并不好走，腹中又是饥渴难忍，但边关已远，家乡渐近。驻足路边，抚今追昔，不禁感叹良多。激烈的战斗场面，艰苦的军旅生活已经结束，周宣王麾下的将士们取得了战争的胜利，把入侵的北方猃狁打退，夺取了民族战争的胜利，足可载入青史。

战士载誉而归，不知是所载之誉略显沉重，还是因战争中死去的乡人太多而悲哀，或是霏霏雨雪的天气太过凝重，使得他回家的道路变得漫长而艰难。

他也曾命悬一线，险些丧生于敌人的刺刀之下；也曾饥肠辘辘，终日滴水不沾；也曾深受冻馁之苦，在寒风中只披着一件残破的单衣。幸然，这一切都如一场噩梦，留在了过去。如今战事结束，他也能解甲归田，这于他而言，当是最大的幸福了。然而，真要回到自己的故园了，踏过千山万水和雄关漫道，近乡情却更怯。痛定思痛，没有人知晓离家万里的凄切。

彼时参加战争、履行徭役，是每个人的义务。自西周建国，战事便从未间断，北方的猃狁，东南的徐戎、淮夷，南方的荆楚，尚处于游牧阶段，还未进入文明社会，自然对中原财富垂涎三尺，故而不时侵扰，征战也就不可避免。在战争当中，战士或许有过对异族侵略的愤恨，亦有过奋勇杀敌，以一当十的勇敢，更有过对战争带来的巨大灾难的惧怕和憎恶。种种复杂情绪，灌注于心，难以言尽。

然而到战争结束之日，这一切便皆会化为乌有。战士的心里只余倦怠和凄凉，以及对归乡的担忧和祈盼。如此复杂的心理，在后来的战争诗中，怕也只有范仲淹的《渔家傲》能与之相媲美。"浊酒一杯家万里，燕然未勒归无计"，这些在沙场厮杀的将士有铮铮铁骨，不畏生死，但在这样寂寞的长夜里，却总是轻易地就被乡愁惹出了泪水。远征之人不能入睡，将军和士兵们的头发花白，纷纷洒下眼泪，直把戍边将士的苦痛说尽。

《采薇》中的男子，在漫长得没有边际的时光中，终究等来了今日的回归。回家途中，漫天的大雪纷纷扬扬，好似要将过往的一切覆盖。天地间一片素净，再分辨不出哪一片土地上流淌过战士的鲜血。他猛然想起，在他离去之时，正是花红柳绿莺飞草长之时。时间终究太过无情，只自顾自地流转，不管世间人事是否依然。

一句"昔我往矣，杨柳依依。今我来思，雨雪霏霏"，将离去与归来的时空转换，淋漓尽致地描摹刻画；将昨日伤悲与今日欢愉，一览无余地倾泻而出，无怪乎东晋时期的文人谢玄将其视为三百篇中最佳之句。曹植之"昔我初迁，朱华未希；今我旋止，素雪云飞"，颜延年之"昔辞秋未素，今也岁载华"，无不从此句中脱胎而出。然而后人极力模仿此句，水平终究不及，正见此句之妙。

尽管此时大雪纷纷扬扬，因走过万里关山，便可看到妻子的身影与音容笑貌，所以他也不曾觉得寒冷。只是走过一程又一程，饥饿的感受越来越强烈，悲伤也便如风雪那般铺天盖地而来。更何况一连走了几日，还是未能到家，这不免让他感到沮丧。然而，茫茫天地，"莫知我哀"，只有他一人冒着风雨，承担着伤楚，心念着日日等待的妻子，一步步朝着家的方向走去。

《采薇》中，有战争的艰苦生活，有保家卫国的豪放之气，亦有对故乡的思念，这般错综复杂的心理，无非是对自由和平的劳动生活的渴望。一间茅草屋，一个贤惠的妻子，两个活泼的孩子，忙时耕田，闲时嬉戏，生活安然静好。然而这在混沌的世界中，终究只是一场空洞的幻想。《诗经》中不乏战争诗，生活中也不乏战火硝烟。男子还是要离开妻儿，离开家乡，走向战场。欲要在战火中生存下来，然后回到家去，唯有士兵相互照料，相互扶持，战胜强悍的敌人。《秦风·无衣》便是展现士兵之间友爱的诗歌。

"岂曰无衣？与子同袍。王于兴师，修我戈矛。与子同仇！"何必说没有衣服，我同你披一件战袍，君王要打仗，我们把兵器都修理好，我和你共同上前线！他们平日甚为友好团结，今日征战时也便共患难，唯有如此方能既保卫国家，又保全自己。

然而，这般大义凛然的诗歌不过是战争诗中的一些小插曲而已。如《采薇》这般有对战争、徭役的厌倦，亦有对亲人的思恋，才是战争诗的主旋律。

"浊酒一杯家万里"，有国，才有家，然而为了大国，有多少人失去了小家。无论进行的战争是什么性质，正义也好，非正义也罢，其实皆是剥夺了人们生活的权利，这本身便是残酷至极之事。多少人在战争中成了异乡的魂魄，又有几人能幸运地回到家中。

君不见，古来征战几人回；君不见，将军白发征夫泪。泪洒疆场，是为家乡至爱亲朋；夜深不寐，是为归期不知何期。

古来征战几人回——《豳风·破斧》

武王伐纣胜利之后，便建立起西周政权。武王病逝后，武王之子成王登上皇位，彼时他年纪尚小，并不能处理政事。周公旦因军功显赫，在朝中颇有名望，便辅佐成王，独揽大权，朝中大事皆由他掌管。在外驻扎监视武庚的管叔、蔡叔和霍叔，自然心中不平。故而，三人便到处散布谣言说周公有篡夺皇位之心。

时时被监视的武庚作为商朝的残余势力，恨不得周朝发生内乱，好恢复他在殷商的地位。于是，他自动与管叔三人串通一气，并且联络了一大批殷商的旧贵族，同时还煽动东夷几个部落，展开了一场浩大的反叛运动。

此时的成王，未曾见过这种场面，只觉得束手无策。而周公毕竟身经百战，事事以国为重，面对此次内讧，他知晓唯有强力镇压，方能稳固江山。多方权衡，并请示成王之后，周公便断然决定兴师东征。

历经三年，周公带兵平定了叛乱，周朝的统治由此奠定下来。

出于对周公的赞颂，民间有了《豳风·破斧》。

既破我斧，又缺我斨。周公东征，四国是皇。哀我人斯，亦孔之将。

既破我斧，又缺我锜。周公东征，四国是吪。哀我人斯，亦孔之嘉。

既破我斧，又缺我锜。周公东征，四国是道。哀我人斯，亦孔之休。

诗人惜墨如金，并未追溯战争的全过程，而是选取了其中几个能给人深刻印象的片段，"既破我斧""又缺我斨""又缺我锜""又缺我锜"，这些坚钢利铁被摧毁，足以道尽那场恶战的残酷。

周公历时三年平定叛乱，其中的苦楚，唯有他自己知晓。即便是如此，他始终无悔，当他带着残余士兵凯旋，看到四国安定，天下太平，短时间内再无纷争，忽然感觉那些流血流汗的日子，都是值得的。这场为集体利益而战的战争，亦是必要而光荣的。这场战役，使得四方都顺服统治，维护了国家的稳定和统一，这从民族高度上来讲，是符合民意，顺应历史潮流的。由此周公也得到史学家们的一致肯定，一代英名由此奠定。

然而，战争终究是残酷的，能够活下来实在是件幸运的事情，这首诗发出了这样的感慨。"既破我斧，又缺我斨"——战斧都破损了，大斨也有缺痕了，可见战斗之惨烈，作为小人物的士兵，生命时刻处于危亡之中。"哀我人斯，亦孔之将"——周公可怜我们这些平民士兵，是多么善良，我们经受了多少苦难，也赢得了巨大的光荣。

战争残酷，可是战争又不断，历代战争都是无数小人物向前厮杀，多少人能够活下来归家？周公率军东征，使得四国的百姓深受教化感染，他对百姓的哀怜，令人感怀他善良的心地。其实周公亦是为了四国家人的生活安定才发动的战争，对黎民百姓而言，这也算一种莫大的恩典。有时，战争并不是一味地涂炭生灵，而是要开创一片新天地，只是这过程过于惨烈，使人不敢正视罢了。

岑参在《白雪歌送武判官归京》中写道："将军角弓不得控，都护铁衣冷难着。瀚海阑干百丈冰，愁云惨淡万里凝。"在塞外战场之上，天气奇寒，八月即有漫天飞雪。雪被风裹着无孔不入，钻进了衣服，砭人肌肤，乃至于裘皮衣裳都已经不能保暖，丝锦做的被子当然更显得单薄，难以御寒。将军的手被冻僵连角弓都拿捏不住，都护的衣甲此时变得又沉又硬又凉，可是仍要穿戴上它。浩瀚的边塞之地白雪连天，阴云遮蔽，景象惨淡，万里长天苍凉凝滞，压人欲摧。

还是诗人王翰那句"古来征战几人回"说得好，有对戎马生涯的厌恶，有对性命不保的哀叹，也有对征战的责难。在苦寒大漠，视死如归的人，又有几何。他们并非没有腾空万丈的豪情，只是战争太过残忍，孤苦无依的妻子还等在门外时时盼自己归来。《王风·君子于役》便是一首妻子等待在外征战的丈夫归来的诗歌。

"君子于役，不知其期，曷至哉？鸡栖于埘，日之夕矣，羊牛下来。君子于役，如之何勿思！"又是黄昏日落之时，暮色苍茫，雾霭迷蒙，她看着牛羊下山，群鸡进窝，而丈夫却不见归来。归期不可期，她心中纵有千万种哀愁，除却等待，再无其他办法。

自然有枯荣，万物有兴衰，就连四季的轮回也从未停止过。兴亡交替，盛衰相继，黯淡的时光常常与灿烂的年华一样长久。一人、一家、一国，都在命运的渡轮上浮浮沉沉，谁也不知晓下一个浪头会何时袭来。每个时代的君王都有兴建霸业的雄心，即便只愿在偌大的皇宫中一晌贪欢，也会引来别国的侵犯，这般看来，战争总是无法避免。

武王伐纣成就了多少英雄豪杰，他们的生前身后名，又是多少士卒的鲜血与生命换来的。三国之时亦是人才辈出，豪杰无数，留下诸多传奇让世人品读，而那些战场之上的累累白骨，又有谁替他们掩埋？无限江山如画，云卷浪涌有气吞万里的势头，然而霸业终究会成空，那些为国而战的士兵，终究无法再回到故乡，更无法留下姓名。

好男儿同仇敌忾——《秦风·无衣》

人生短暂，如同晨曦中的一滴露珠，在第一缕阳光的温暖下，就会转瞬消逝。生于乱世，这条命更是轻贱，不知何时就会埋没于无名之地。乱世中人往往也将生死看得淡了。

既然人生本就多舛，磨难重重，何妨忘生轻死，收敛灰败与沮丧，懦弱与退避，且尽情，且豪迈，将轻贱的性命交付给保家卫国的大事，在战场上施展豪情与斗志，总好过终生碌碌，在软弱的逃避中磨蚀了心志。

一句"与子同袍"，在秦人天生好战尚武的血液里点燃了足以燎原的星星之火，让他们为之赴汤蹈火，在所不惜。

岂曰无衣？与子同袍。王于兴师，修我戈矛。与子同仇！

岂曰无衣？与子同泽。王于兴师，修我矛戟。与子偕作！

岂曰无衣？与子同裳。王于兴师，修我甲兵。与子偕行！

世人大可将这首《秦风·无衣》看作秦国的军歌。清人陈继揆在《读诗臆补》中写道："开口便有吞吐六国之气，其笔锋凌厉，亦正如岳将军直捣黄龙。"这样的诗歌，不该是在烛火明灭的深夜，一人吟读，而是在炽阳下与兵士同唱。诗歌中那火一般燃烧的激情，好似荡漾在每一个高声歌唱的战士心中。那一句"岂曰无衣"，似在反问，又像是在自责，口气中满是无法遏止的慷慨与愤怒，这一言刚刚落音，无数战士便同声应和：

"与子同袍。"

何必说没有衣服，我与你同穿一件战袍。只此一句，便将秦人的慷慨道尽。这份发自肺腑的热忱，这份慷慨的激情，恐怕也只有豪迈的稼轩词能与之一较高下。

辛弃疾在《破阵子》中写道："八百里分麾下炙，五十弦翻塞外声，沙场秋点兵。"铿锵有力，音情顿挫，让人好似看到了战士们磨刀擦枪、舞戈挥戟的热烈场面。他们个个摩拳擦掌，精神抖擞，迫不及待地想要到战场上和敌军厮杀。这视死如归的场面，何其雄壮，又何其苍凉。

《无衣》与《破阵子》皆有豪迈之举，所不同的是，辛弃疾的征战沙场是梦中场景，而秦国这首军歌，是现实中真切存在的图景。它可以歌唱，亦可以配上舞蹈，无论它以哪种形式呈现，都是一部激动人心的话剧。

这首慷慨激昂的诗，背后自是一个大义凛然的故事。

西周末年，周幽王终日享乐，耽于食色，政事渐渐荒废。尤其自不爱笑的美人褒姒进宫后，他更是不理朝政。褒姒纵然天姿国色，无奈终年冷若冰霜。为博佳人一笑，周幽王悬赏千金，举国上下无数人带着千奇百怪的点子来到京师，最终只能无功而返。突然有一天，大臣虢石父殿上献策：不妨在烽火台上引火一把！

自烽火台出现以来，唯有国都遭到敌寇侵犯时才会点燃狼烟。周幽王想到各路诸侯惊慌失措率兵救驾的滑稽模样，也觉有趣，就欣然采纳了虢石父的建议。

于是，当骊山烽火台升起狼烟，诸侯王们从四面八方赶来时，眼前景象却十分诡异：四周不见敌人，只有周幽王与褒姒以及一干侍者婢女在高台上饮酒作乐。昔日威风凛凛的诸侯王顿时一脸呆相，美人褒姒扑哧一笑，果然倾城倾国。

诸侯王怏怏而归，虢石父得金千两。然而公元前771年，申侯联合犬戎兴兵攻进镐京，周幽王燃起烽火却无人来救，导致大片土地沦陷，周幽王也最终成为乱刀之下的亡魂。

秦国在地理上靠近王畿，与周王室休戚相关，自然要援助周朝，出兵反抗。周幽王之子周平王在战乱中继承皇位，将都城向东迁至洛邑。周平王念秦襄公一路护送自己有功，便封其为诸侯，授予他爵位，赐给他封地，并对其许诺——如若他能大败西戎，西戎便归秦国。

这般丰厚的待遇，自然使秦襄公动心，于是公元前766年，他开始讨伐西戎。秦襄公因病过世之后，其子秦文公亦没有停止对西戎的攻打，最终在将士的同仇敌忾中，西戎败北，秦国便占领西戎之地，疆域扩展到岐山，并且将岐山以东的山河献给了周朝。

世代相传，秦国每一任君王都未曾停止征伐西戎，直至秦穆公时，他任用百里奚为相，增加了数十个附属国，开辟疆域千里，彻底称霸于西戎，完成了先王的夙愿。这几代君王，或是明智，或是昏聩，或是仁厚，或是暴虐，但他们都有一种慷慨激昂的"无衣精神"，这是他们血液中生生不息的信仰。

秦国之所以能从一个实力微弱的小国变为一个称霸中原的大国，是因为他们有充裕的物资吗？可他们明明说着"岂曰无衣"。是因为他们有先进的兵器吗？可战士们明明唱着"修我戈矛"。不，这一切不在战力，而在战心。强大的战力固然能取得胜利，但这暂时的获胜，终究会成过眼云烟，人心向背才是关键。因为热情澎湃，热血沸腾，秦国士兵的心始终朝着同一个方向——为国而战，为荣誉而战。

这样慷慨风流的诗歌，在如一朵牡丹恣意盛放的大唐，亦曾有过。杨炯在《从军行》中曾写下这样浩气凛然的诗句："宁为百夫长，胜作一书生。"他身披铠甲，在黄沙漫漫的大漠中，典当整个青春与满腔热血，只为踏上战场保家卫国，一展英雄本色。他宁愿做一个低级军官，驰骋沙场，为巩固边疆而战，也不要做一个弄墨书生苟且偷安，这是诗人杀敌报国雄心的写照。这样的呐喊，是诗人的呐喊，更是整个大唐所有好男儿的心声。

王维亦曾写道："孰

知不向边庭苦，纵死犹闻侠骨香。"策马扬鞭，一骑绝尘，青春的渴慕与热盼都是战死沙场，报答家国双重恩。谁人不知远赴边疆既辛苦又危险，但是保家卫国好男儿责无旁贷，纵然战死疆场，留下一堆白骨，也同样飘着淡淡的清香。王维笔下的壮志，也是当年诸多才俊的梦想。

大唐的雄浑，战士的英勇，后人无法亲眼看到，但这些熠熠生辉的诗歌，却还原了一个灿烂雄伟、神采飞扬的时代。《无衣》又何尝不是如此，士兵平日同心，战时齐力，让人眼前即刻便会出现那幅将士神采奕奕奔赴战场的画面。

愿意上战场杀敌，保社稷人民安康的士兵，即便吃苦再多，恐怕也会感激他们的王。只因没有王的恩泽，便没有他们匹马戎装的机会，更没有供他们挥洒热血的战场。这份发自肺腑的热忱，这份铁血男儿的昂扬斗志，自是秦人的慷慨豪放。